BIBLIOTHÈQUE INTERNATIONALE DE CRITIQUE

LETTRES ET ARTS

LA MÊLÉE SYMBOLISTE

PAR

ERNEST RAYNAUD

I

LE LYRISME FRANÇAIS APRÈS 1870. — VICTOR HUGO ET LE PARNASSE. — CHARLES CROS. — JULES LAFORGUE. — LES PETITES REVUES. — PAUL VERLAINE ET LES POÈTES MAUDITS. — SYMBOLISTES ET DÉCADENTS. — LA DOCTRINE SYMBOLISTE. — LES SOIRÉES DE LA PLUME.

LA RENAISSANCE DU LIVRE

78, Boulevard Saint-Michel, PARIS

La Mêlée Symboliste

DU MÊME AUTEUR

Le Signe (1887).. *Epuisé.*
Chairs profanes (1888)... —
Les Cornes du Faune (1890). *(La Plume.)*............. —
Le Bocage (1895). *(La Plume.)*........ .... —
Le Signe (1897), édition nouvelle. *(La Plume.)* .... —
La Tour d'Ivoire (1899). *(La Plume.)*................... —
La Couronne des Jours (1905). *(Mercure de France.)*... 3 fr. 50
Apothéose de Jean Moréas. *(Mercure de France.)*....... 1 fr. 50
L'Assomption de Paul Verlaine (1912). *(Mercure de France.)* .... 1 fr. 50
Les Deux Allemagne (1914). *(Mercure de France.)*..... 3 fr. 50
Le Cinquantenaire de Baudelaire (1917). *(Maison du Livre.)*... 7 fr. 50
Baudelaire et la religion du dandysme (1918). *(Mercure de France.)*.. 1 fr. 50
La Mêlée Symboliste, 2ᵉ partie: 1890-1900 (1920). *(Renaissance du Livre.)*.. 2 fr. 50
Les Bucoliques de Virgile, interprétées en vers français (1920). *(Garnier.)*.. 8 fr. »
Léon Riotor, étude critique *(Figuière)* .... *Epuisé.*

A PARAITRE

La Mêlée Symboliste (3ᵉ partie : 1900-1914).
Les Églogues de Calpurnius, interprétées en vers français.

ERNEST RAYNAUD

La Mêlée Symboliste

(1870-1890)

PORTRAITS ET SOUVENIRS

PARIS

LA RENAISSANCE DU LIVRE

78, Boulevard Saint-Michel, 78

La Mêlée symboliste

LE LYRISME FRANCAIS
AU LENDEMAIN DE LA GUERRE
DE 1870

Quel était l'état d'esprit des poètes au lendemain de la guerre de 1870 ? Nous pouvons nous
enseigner dans la publication où leur élite colla-
borait alors : la *Renaissance*, revue littéraire
et artistique, hebdomadaire, dont le premier
numéro parut le 28 avril 1872. Nous relevons au
sommaire, à côté des noms de Victor Hugo,
Michelet, Sainte-Beuve, ceux de Théodore de
Banville, Sully-Prudhomme, Arthur Rimbaud,
Catulle Mendès, François Coppée, Claretie,
Glatigny, Paul Verlaine, Armand Silvestre,
Stéphane Mallarmé, Léon Dierx, Charles Cros,
Albert Mérat, Léon Valade, Ernest d'Hervilly,
Emmanuel des Essarts, Louis-Xavier de Ricard
et Heredia, etc.

Victor Hugo, de qui ces poètes avaient sollicité le patronage, le leur mandait, en disant :

« Courage, vous réussirez. Vous n'êtes pas seulement des talents. Vous êtes des consciences. C'est de cela que l'heure actuelle a besoin...

« Nous venons d'assister à des déroutes d'armées ; le moment est arrivé où la légion des esprits doit donner. Il faut que l'indomptable pensée française se réveille et combatte sous toutes les formes. L'esprit français possède cette grande arme : la langue française, c'est-à-dire l'idiome universel. La France a, pour auditoire, le monde civilisé. Qui a l'oreille prend l'âme. La France vaincra. On brise une épée, on ne brise pas une idée. Courage donc, vous, combattants de l'esprit. Le monde a pu croire un instant à sa propre agonie. La civilisation, sous sa forme la plus haute, qui est la République, a été terrassée par la barbarie sous sa forme la plus ténébreuse, qui est l'Empire germanique. L'énormité même de la victoire la complique d'absurdité. Quand c'est le moyen âge qui met sa griffe sur la révolution, quand c'est le passé qui se substitue à l'avenir, l'impossibilité est mêlée au succès et l'ahurissement du triomphe s'ajoute à la stupidité du vainqueur. La revanche est fatale. La force des choses l'amène. Ce grand XIX siècle, momentanément interrompu, doit reprendre et reprendra son œuvre, et son œuvre c'est le progrès par l'idéal. Tâche superbe.

« L'art est l'outil, les esprits sont les ouvriers.

« Faites votre travail, qui fait partie du travail universel.

« J'aime le groupe des talents nouveaux. Il y a aujourd'hui un beau phénomène littéraire qui rappelle un magnifique moment du XVIe siècle. Toute une génération de poètes fait son entrée. C'est, après trois cents ans, dans le couchant du XIXe siècle, la Pléiade qui reparaît. Les poètes nouveaux sont fidèles à leur siècle ; de là leur force. Ils ont en eux la grande lumière de 1830, de là leur éclat. Moi qui approche de la sortie, je salue, avec bonheur, le lever de cette constellation d'esprits sur l'horizon.

« Oui, mes jeunes confrères, oui, vous serez fidèles à votre siècle et à la France... Rien ne vous distraira du devoir. Même quand vous en semblerez le plus éloignés, vous ne perdrez jamais de vue le grand but : venger la France par la fraternité des peuples, défaire les empires, faire l'Europe. Vous ne parlerez jamais de défaillance, ni de décadence. Les poètes n'ont pas le droit de dire des mots d'hommes fatigués...

« Un journal comme le vôtre, c'est de la France qui se répand. C'est de la colère spirituelle et lumineuse qui se disperse ; et ce journal sera, certes, importun à la pesante masse tudesque victorieuse, s'il la rencontre sur son passage ; la légèreté de l'aile sert la furie de l'aiguillon. Qui est agile et terrible ; et, dans sa Forêt-Noire, le lourd caporalisme allemand, assailli par toutes les flèches qui sortent du bourdonnement parisien, pourra bien connaître le repentir que donnent à l'ours les ruches irritées.

« VICTOR HUGO. »

L'art parnassien est alors à son apogée. Ce qu'on aime, c'est la ciselure, le relief, la couleur, la sonorité du vers. Mais la psychologie y reste analytique. On en est toujours à la forme didactique. On rend directement ses impressions sans les transposer. L'on part en guerre contre la littérature bâclée et commerciale. On y démolit Scribe, Emile Augier, Camille Doucet. Les collaborateurs de la *Renaissance* prennent pour têtes de Turc : Dumas fils, d'Ennery, Pailleron, Victorien Sardou. On y fustige les rimeurs malhabiles. Une suite d'articles sur « les poètes morts jeunes » ne manque ni de verve ni de salacité.

La note patriotique y vibre, comme il était naturel après nos désastres. On renvoie Offenbach en Autriche ; pourtant on y exalte toujours Wagner. Camille Pelletan trouve à reprendre, chez nous, un excès de « chauvinisme ». Mais on s'applaudit d'une manifestation populaire en faveur de la France, au théâtre Carl de Vienne, où la salle s'est levée tout entière pour écouter là *Marseillaise*. Blémont cite, avec émotion, ces paroles prononcées par Swinburne à propos de *l'Année terrible* de Victor Hugo :

« Non, maintenant, après tant de sombres jours, après tant de terreurs et tant d'angoisses, aucun ami de la France ne peut refuser à Paris la grandeur et la dignité que le premier de ses enfants a ainsi constatées au temps de ses misères. Toutes les bouches humaines déblatéraient sur les péchés et les hontes de Paris : serrée par ses ennemis, abandonnée de ses amis, la grande cité était en proie à l'assaut de toutes les mains et de toutes les langues ennemies ; on la niait et la supprimait en Europe ; c'était l'heure de prendre sa défense. »

Émile Blémont profitait de l'occasion pour déclarer que l'indifférence et l'impassibilité n'étaient plus possible aux poètes. A la même heure, Verlaine écrivait ses *Romances sans paroles* où il abjurait l'idéal parnassien.

Certes, une grande diversité d'opinions se fait

jour parmi les collaborateurs de la *Renaissance* qui d'ailleurs a pris soin de nous avertir que, « malgré l'unité des vues générales, la responsabilité absolue demeure, à chacun, de ses articles ». La précaution était sage.

On y trouve peu de controverses politiques ou religieuses. Toutefois il est bon de souligner cet article de Sainte-Beuve, le plus **caractéri**stique en ce sens :

Réponse a un jeune catholique.

« Monsieur,

« Vous vous emparez d'une phrase dans une lettre qui était destinée à répondre à un ordre particulier d'arguments, mais vous ne me la renvoyez pas telle que je l'ai écrite : je n'ai pu dire en effet et je n'ai point dit : « Nul homme sérieux « et sensé ne peut croire désormais, etc. » J'aurais manqué, en m'exprimant ainsi, au respect que j'ai pour les sincères croyants. J'ai dû dire qu'il était bien difficile à des esprits exacts, armés de critique et se livrant à l'examen, de croire ce qu'on croyait autrefois. Ce n'est point par lettres qu'on peut développer toute sa manière de voir à cet égard. Il suffirait, pour ne point se méprendre sur la mienne, d'avoir lu **ce que** je n'ai cessé d'écrire depuis quelques années ; mais c'est une peine que je ne prétends infliger à personne. Il n'est jamais entré dans ma pensée de chercher à ôter ou à diminuer la foi chez qui la possède. Quant à apprécier le mouvement des croyances, la crue ou le décours de la foi, ce n'est point dans de courts espaces ni d'une génération à l'autre que cela se mesure : ces changements se marquent par siècles, et les divers états d'incrédulité et de croyance, à divers degrés, coexistent à la fois ; il n'est pas toujours aisé de les bien démêler.

« Le grand progrès moderne (sur lequel je ne me fais point d'ailleurs trop d'illusions) serait de ne point recourir aux voies anciennes et de vivre l'un à côté de l'autre, de se combattre sans se maudire. Une phrase de votre lettre m'effraye un peu : « Il y a, dites-vous, des malfaiteurs dans l'ordre intellectuel comme dans l'ordre social » ; et vous renvoyez les premiers comme les seconds devant les juges. Il serait juste du moins que, dans ce cas-là, il y eût le jury : car autrement il est bien difficile d'éviter les jugements à la Caïphe et à la Ponce-Pilate.

« Vous voyez, monsieur, que, si j'avais l'espace les réponses ne me manqueraient pas, et peut-être ce qu'il y a de tranchant en apparence et en réalité s'adoucirait un peu. Je vous chicanerais fort sur Bossuet, Pascal, Descartes et Malebranche que vous rangez sous les mêmes croyances. Je vous contesterais absolument Descartes ; je vous ferais remarquer que je ne trouve nulle part en ce temps-ci le mode d'argumentation de Pascal et surtout sa morale chez ceux qui se disent orthodoxes ; enfin vous auriez à m'expliquer pourquoi Bossuet considérait Malebranche comme le plus dangereux des novateurs et sa doctrine comme un scandale.

« Mais au lieu de s'expliquer et de se connaître, on se juge sur prévention, on se fâche, on s'enflamme, et l'humeur, comme la passion, continue à gouverner le monde.

« Excusez-moi, monsieur, si je vous parle comme étant un peu moins jeune que vous devez l'être, et ne voyez en tout ceci qu'une preuve d'estime.

« SAINTE-BEUVE. »

Il faut noter aussi cette pensée, cueillie dans les échos, à propos d'une inscription lue sur le mur de clôture du cimetière Montparnasse : « Liberté, Égalité, Fraternité » :

— *« Dans combien de siècles cette devise stricte-*

ment vraie pour les morts sera-t-elle enfin une vérité pour les vivants ? »

Et cette autre :

— *« Dans le Temps, ce journal qui est en train de lâcher, non pas M. Sarcey, mais la République, M. Jules Soury, emboîtant le pas à M. Egger, dit beaucoup de mal de la France, de la littérature française, et « du petit homme aimable et spirituel « qu'il considère toujours comme le type de notre « nation ». Que pensez-vous de ce petit homme aimable et spirituel ? En lisant cet article, nous songions aux vieux Français, à Rabelais, à Ronsard, à Montaigne, à Corneille, à Pascal, à Diderot, et aux Français modernes, à Hugo, à Michelet, à tant d'autres : tous petits hommes aimables et spirituels. »*

On y est républicain. *« Il en est en politique comme en arithmétique, où les zéros ne prennent de valeur qu'en se plaçant à droite. »* En somme, la France reste encore le pays de Voltaire. On y préfère Montaigne à Pascal. Aucune trace de mysticisme. Les poètes se partagent. Ceux qui, à la façon de Banville, ne s'éblouissent pas des splendeurs païennes, décèlent le pessimisme noir de Leconte de Lisle. Mais déjà, avec Veraine, Mallarmé, Cros, Rimbaud, s'indiquent d'autres tendances. Des influences étrangères se font jour. Ainsi Burty écrit des articles sur le japonisme mis à la mode par les Goncourt d'où sortira un art neuf. Émile Blémont prépare les voies au symbolisme par une série d'études sur les préraphaélites anglais et les poètes spirites américains.

Déjà l'on prévoit les violences du *Décadent*. On commence à perdre le respect. Oyez plutôt :

— « *Un critique de beaucoup d'esprit a donné une excellente formule de la spéculation de M. Alexandre Dumas fils. Cette formule se compose simplement de trois mots : Pathos, Paphos, Pathmos.*

— « *Boulet lui-même est écœuré d'avoir monté une ineptie aussi formidable que* le Roi Carotte. *Il a assez de M. Sardou.*

— « *Des poètes et des individus excessivement vertueux ont été couronnés par l'Académie française. Il y a déjà longtemps que l'Académie s'est couronnée elle-même.* »

Le genre rosse s'annonce :

— « *M*me *Nilsonn-Rouzaud doit créer cet hiver à Paris le rôle d'Eros dans Psyché. Elle recevra la goutte d'huile. Puisse cela l'engraisser un peu.* »

En prose, on y est quelque peu sceptique et désenchanté :

« — *Nous sommes ainsi faits que nous discutons*

davantage une vérité évidente qu'une absurdité ou un prodige. »

« — Tout ce qui est spirituel a été écrit mille fois, mais paraît toujours nouveau, la plupart des hommes ne retenant de leurs lectures que les sottises. »

L'influence de Schopenhauer se marque dans certaines boutades sur les femmes et dans certains aphorismes sur la vie, dénués d'optimisme. On reprend le mot sceptique de Voltaire : « Quand on est aimé d'une jolie femme, on se tire toujours d'affaire », mais on épingle à côté cette pensée de Joubert qui va devenir l'évangile symboliste : « Les beaux vers sont ceux qui s'exhalent comme des sons ou des parfums. »

La querelle des idéalistes et des réalistes s'y poursuit. Richepin y débute en célébrant Arpin, le lutteur, qui vient de mourir, image de l'Art qu'il médite, massif et forain. Un autre ami des lutteurs et des tours de force, Léon Cladel, y introduit le style tarabiscoté. En même temps, les hostilités s'ouvrent contre Sarcey et l'école du bon sens, prélude aux divagations futures.

Les grands événements de l'année littéraire sont : la statue élevée à Ronsard à Vendôme, — la mort de Théophile Gautier, — l'avènement de Sarah Bernhardt, trois faits qui auront leur répercussion dans le développement du lyrisme contemporain.

Ronsard, qui a déclenché l'évolution parnassienne, va, tout à l'heure, après les excès symbolistes, déclencher la réaction romane ; — Théophile Gautier emporte avec lui la théorie de l'impassibilité dont Heredia sera le dernier représentant ; — Sarah Bernhardt ouvre, pour les poètes qu'elle favorisera, l'ère de la réclame et du bruit. Nous aurons le cabotinage de lettres, le *Chat Noir*, les cabarets artistiques de Montmartre, la poésie d'estrade contre laquelle s'élèvera Jules Laforgue :

> J'ai vu des poètes infâmes
> Dire des vers sur des tréteaux
> Dans un bouge aux noirs escabeaux
> Parmi la puanteur des femmes.
>
> Figés en des poses d'extase,
> Les cheveux longs et les yeux blancs
> Immobiles comme en des rangs
> Que le regard d'un chef écrase.
>
> Ils disaient, la voix monotone,
> Des riens fades comme un encens,
> Où criait, giflé, le bon sens,
> Sous le vers boiteux qui détonne.
>
> Des faces pâles et ridées
> Écoutaient ce vague discret.
> Prenant comme un plaisir secret
> Aux piètres avortons d'idées,

Puis on applaudissait, farouche,
Tandis que, raide et lentement,
L'homme aux vers faisait, en partant,
Don d'un sourire de sa bouche.

. . . .

Moi, comme pris d'un vin qui grise,
Rêvant de succès généreux,
Vain et lâche j'ai fait comme eux,
J'ai déballé ma marchandise (1).

(1) Cité par Mme Anne Osmont : *Le Mouvement symboliste*
(Maison du Livre).

SARAH BERNHARDT

Mais si les poètes, à l'instigation de Sarah Bernhardt, se sont trop vite adaptés aux mœurs du théâtre il n'en est pas moins vrai qu'ils ont reçu d'elle, une secousse salutaire et qu'elle les a tirés de la torpeur de leur *Tour d'ivoire* où ils s'enfermaient trop volontiers, en leur rappelant qu'il y avait autour d'eux des oreilles attentives à conquérir. Elle leur a donné le sens de l'émulation. Ce n'est peut-être pas entièrement sa faute si certains, passant d'un extrême à l'autre, ont glissé si vite sur la pente des concessions, et ont déserté les hautes entreprises pour les spéculations commerciales. Ce qui demeure, à la louange de Sarah Bernhardt, c'est qu'elle a répandu le goût des beaux vers que transfigure la musique de sa voix, la flamme de son génie et la noblesse de son maintien. La nature l'a merveilleusement douée. Un statuaire grec, disait Banville, voulant symboliser l'Ode, l'eût choisie pour modèle. A l'heure qui nous occupe, elle vient de prendre possession avec éclat de la scène du Théâtre-Français. A triompher dans les rôles de Phèdre et d'Andromaque, elle nous fera aimer Racine qu'elle a sorti de l'exil où l'avait confiné l'anathème romantique et sémera ainsi les germes d'une future renaissance classique. Comment cette femme admirable, d'une activité dévorante, artiste jusqu'au bout des ongles, ne se serait-elle pas imposée impérieusement à l'élite de son temps et n'y eût-elle pas marqué son empreinte? Elle est vibrante, inquiète, nostalgique. On sent en elle le besoin de vêtir chaque jour une âme nouvelle, le désir d'écarter la Réalité navrante et de s'évader chaque soir

Vers les horizons bleus dépassés le matin.

Elle sera Doña Sol, Phèdre, Andromaque, Cléopâtre, Marguerite, Ophélie. Elle fera revivre aux yeux des foules le fantôme des héroïnes évanouies. Son temps haletant la suit et l'applaudira quand, pour résumer et sceller toutes les aspirations éparses de l'heure, elle évoquera les splendeurs du Bas-Empire, bâtira au milieu de nos brouillards industriels, un décor fleuri et somptueux de Byzance et dressera sur les imaginations éblouies l'image de Théodora, impératrice d'Orient. Là s'épanouira son souci de plastique, son goût des longs voiles, des tissus précieux, des dalmatiques et des étoles orfévrées qui va révolutionner la mode. Elle sera « l'Empire à la fin de la décadence », comme Verlaine, et les poètes nouveaux la suivront des yeux comme une éblouissante vision de rêve. La Poésie illumine tout ce qu'elle touche. Elle prêtera un cachet d'art même aux vulgaires affiches de son spectacle pour lesquelles elle mobilisera des talents neufs : Orazi, Grasset, Mucha. A son geste, on verra les murs éteints flamboyer d'un enchantement de couleurs. Elle y apparaîtra figée dans une pose hiératique d'idole, de sainte de vitrail, de panagia byzantine, les mains chargées de bagues, les bras débordants de palmes et de fleurs. *Musa inspiratrix*, c'est le nom que lui donne Spindler dans cette icône où il la montre de profil, vêtue du peplum antique, ses cheveux dénoués casqués de lauriers. C'est véritablement la Muse. Elle inspire à Edmond Rostand sa *Princesse lointaine*. Elle s'apparente, en image, à la *Madone* de Baudelaire, à l'*Hérodiade* de Mallarmé. Elle semble l'illustration vivante de tous ces poèmes, obsolètes et polychromes, en train d'éclore de toutes parts, pleins de lys, d'alérions, de clairs de lune, de sphinx et de centaures, et elle captivera les chevaucheurs de nuées et de chimères par la grâce imprévue et troublante de ses travestis, évoquant la vision de l'Androgyne, du Surêtre asexué, de l'Ange impollu, ce qui lui vaudra l'hommage d'un poète exquis et précieux, l'arbitre des élégances, le nouveau Pétrone, l'un des adeptes de l'esthétique nouvelle, chez qui Hüysmans a pris l'idée de son Des Esseintes : le comte Robert de Montesquiou :

REVIVISCENCE (1)

Les Héroïnes disparaissent en cohortes
Comme si les chassait un étrange aquilon :
Sombre Lorenzaccio, pâle Hamlet, blanc Aiglon,
Un jeune homme renaît des jeunes femmes mortes.

Le Florentin éphèbe a des faiblesses fortes,
Le Sphinx du Danemark meurt sous un sort félon ;
Un sinistre palais du lugubre salon
Sur le blond fils de l'Aigle a refermé ses portes.

Une grâce de femme est dans ces trois enfants :
C'est que tous trois sont faits, vaincus ou triomphants,
Des grâces de Sarah qui fait toutes les femmes.

Et Phèdre et Jeanne d'Arc palpitent dans la chair
De ce Lorenzaccio qui prépare les lames
De l'Hamlet, Aiglon noir, de l'Aiglon, Hamlet clair.

Ainsi Sarah Bernhardt a joué un rôle dans l'évolution symboliste en se pliant à son esthétique extérieure et en la diffusant.

En attendant, les poètes de la *Renaissance*

(1) *La Plume*, n° 276.

exaltent Baudelaire. On sent que sa mémoire leur est chère et l'emprise sur les cerveaux de ce génie, encore si contesté, et que les symbolistes brandiront comme un drapeau, s'avère chaque jour grandissante.

En 1873 parurent trois volumes auxquels d'ailleurs personne ne prit garde, mais qui auront une grande répercussion sur le mouvement symboliste :

Une Saison en enfer, d'Arthur Rimbaud,
Les Amours jaunes, de Tristan Corbière ;
Le Coffret de Santal, de Charles Cros.

En 1874, Cros publie la *Revue du Monde nouveau*, qui n'eut que quelques numéros, mais où collaboraient Stéphane Mallarmé, Léon Dierx, Villiers de l'Isle-Adam, Germain Nouveau, Zola.

LES ZUTISTES

Il me fut donné de connaître Charles Cros, un des soirs de l'hiver 1883, à la maison de bois. La maison de bois était un chalet suisse à l'usage d'estaminet sis 139, rue de Rennes. Elle existe toujours, mais a changé de destination et la façade en est masquée par une construction neuve. Cette sorte de baraquement faisait tache dans le correct décor de pierre d'alentour. Comme il était en retrait de l'alignement et de la mode, il semblait en retrait de la vie. La foule le méprisait, passait devant sans s'y arrêter. Ses deux vastes salles, celle du rez-de-chaussée, garnie d'un billard, et celle de l'étage, ornée d'un piano, semblaient, sous la surveillance d'un garçon fantôme, se morfondre dans l'attente d'un client improbable. Cette solitude plut à Charles Cros qui logeait en face et qui abandonna pour elle le café de Versailles où, chaque soir, il allait rejoindre Coppée, Richepin et Raoul Ponchon. Le lieu lui parut propice pour s'affranchir de la « cohue des gens trop laids ». Il y convoqua ses amis. L'ordre des *Zutistes* était fondé.

Les réunions avaient lieu dans la salle du bas le jeudi soir. Le patron, porté à la lésine, y rationnait le gaz de telle sorte qu'il n'y flottait jamais qu'une demi-clarté et que l'arrière-fond restait noyé d'une ombre tenace, qu'accentuait le nuage aggloméré des fumeurs. Parfois un couple s'y dissimulait, trahi aux intervalles de silence par son seul chuchotement. Térence Cros, le neveu du poète, y avait introduit une coutume de courtoisie. Les arrivants étaient salués d'une petite rumeur d'attention et de leur nom jeté à haute voix. A la table d'honneur, Cros se tenait, tantôt pétillant de paradoxes et d'entrain, tantôt (il était sur son déclin) écroulé contre le mur, anéanti dans une torpeur silencieuse. La présidence effective était alors accaparée par son fidèle lieutenant, son inséparable Louis Marsolleau. Ce dernier, dans tout l'éclat de son premier printemps, était la vedette du lieu.

A Rebours avait paru. La mode était aux élégances mièvres et raffinées. Marsolleau, levé, quittait sapipe, et récitait d'une voix dolente des vers charmants :

MOI

J'ai dans mon sang le sang des époques hautaines,
Jise su le petit-fils des marquises lointaines
Et des trouvères blonds, de grâce revêtus,
Qui passaient — de châteaux en châteaux attendus

Par le rêve espérant des vierges amoureuses —
Et puis disparaissaient par les routes ombreuses,
Comme un chant qui s'éteint que l'on n'entendra plus.
Je suis le descendant des pages chevelus
Qui, sveltes, se levaient après les vidrecomes,
A la fin des repas — poètes gentilshommes
Dont la couronne avait des baisers pour fleurons,
Et qui, l'épée au flanc, coupe en main, fleurs aux fronts,
Parmi l'or héraldique et fin des marjolaines,
Chantaient le hennin blanc des hautes châtelaines...
— Et quoique le fil des beaux siècles soit rompu,
J'ai gardé de leur race autant que je l'ai pu (1).

Là, et dans ses sonnets de couleur, il faisait montre d'une belle virtuosité où l'on retrouvait à la fois Banville et Coppée, mais il exagérait dans ses vers d'amour, lorsqu'il affectait les langueurs d'un amant éconduit, accablé de sa disgrâce, et quand, pour apitoyer les âmes sensibles il présageait sa fin prochaine :

Et je ne vivrai pas du reste bien longtemps.

Cette plainte à la Millevoye n'était heureusement qu'un jeu. Louis Marsolleau a montré, depuis, qu'il avait les poumons assez solides pour emboucher la trompe d'airain et l'âme assez résistante pour surmonter les bagatelles sentimentales de la seizième année.

Par contre, Fernand Icres, miné de phtisie malgré

(1) LOUIS MARSOLLEAU, *les Baisers perdus* (Lemerre).

ses fortes apparences, faisait entendre un chant vaillant. Ce moribond se raccrochait à la vie, qu'il sentait lui échapper avec toute l'énergie du désespoir. Il cherchait à se faire illusion en n'évoquant que des solidités fermes, des chairs de marbre et des muscles d'airain. Il ne célébrait que des femmes colosses :

> C'était une pyrénéenne
> A l'encolure herculéenne.

et, pour ajouter à la vigueur de l'image, il enflait l'ouragan de sa voix dont les vitres tremblaient.

Le poète-peintre-sculpteur Georges Lorin nous initiait à la primeur d'un volume en cours, *Paris-Rose*. C'étaient des impressions de flâneur mélancolique à travers les rues, le soleil, les sourires, le bariolage des affiches et les toilettes.

Ajalbert, « trapu et fleuri », rêvait d'être le Raffaelli du vers et nous induisait, selon le vœu réaliste, au charme aigrelet des terrains vagues et des paysages pelés des bords de Seine à Asnières. Il imitait à merveille l'aspect âpre et dur des choses — par un temps d'hiver :

Chaque arbre à l'air d'un long balai debout dans l'air.

Haraucourt, hautain et résolu, brandissait, d'une voix impérative, des morceaux de *l'Ame nue* qui rappelaient Corneille par l'écorce, et

Tolstoï par la sève, tant ils débordaient de généreuse pitié. Un succès formidable accueillait toujours *le Cheval de fiacre*, brisé de fatigue et de coups de fouet :

Dont nous ferions un saint si Dieu l'avait fait homme.

Lorsque l'intérêt languissait, ce poème avait le don de galvaniser l'assemblée. C'était, avec infiniment plus d'art, le digne pendant de *la Jument morte* qui valut une heure de célébrité au poète Poussin et dont toutes les brasseries du Quartier Latin retentirent durant quelques saisons.

Georges d'Esparbès, explosant de lyrisme, ambitionnait de n'œuvrer que dans le seul sublime. Il pataphrasait la Bible ou célébrait les « grenadiers épiques » avec la grandiloquence de Hugo et le ton de voix des prophètes.

Entre temps Willy, coiffé de son légendaire « bords-plats », venait, cordial et bedonnant. Il lâchait sur l'auditoire une volée de coq-à-l'âne si effarants et d'aphorismes si imprévus, que tout s'en illuminait de joviale bonne humeur. Cela dépassait de bien loin l'humour sec et la plaisanterie yankee du blondasse Alphonse Allais. Allais et Willy formaient le coin des ironistes que complétaient Léo Trézenik, normand finaud sous son pseudonyme breton, et le flamand narquois, Georges Rall, directeurs de *Lutèce*.

Le programme ordinaire se corsait parfois d'intermèdes imprévus. Il arrivait qu'on vît, au fort des récitations, se ruer dans la salle un flot d'aèdes en tournée qui s'y arrêtaient le temps d'évacuer quelques truculences dans le goût du jour et qui, chargés d'applaudissements frénétiques, libéralement octroyés pour prix de leur dérangement, repartaient aussitôt vers les cabarets de Montmartre dans le fiacre qui les avait amenés.

Les applaudissements d'ailleurs ne coûtaient rien à l'auditoire. Il y avait là, le couple Jacquemin : elle, longue, fine, éthérée, l'air d'une princesse de légende; lui, sérieux, attentif, avec sa face soucieuse d'alchimiste, cuivré par les vapeurs du nitre et le feu des laboratoires, instruit de la vie des métaux et de la flore sous-marine. Il y avait la poétesse Marie Krysinska, pâle et myope, et sa fidèle Denise Ahmers, pensive et recueillie puis, mêlé à quelques apprentis de lettres, le chœur des inspiratrices discrètes, essuyant, patiemment, ce flux intarissable d'éloquence, à quoi elles tâchaient de s'intéresser, par bienséance, comme les dévotes écoutent, aux offices, le latin qu'elles n'entendent point.

On touche ici la bigarrure des esprits et la diversité d'un âge caméléon. Du fatras des écoles expirantes, une nouvelle s'efforce de surgir. Nul principe n'est encore intervenu pour coordonner tant d'efforts. Ce qui, en dehors du renom de Ch. Cros, assure à ces réunions une place dans l'histoire, c'est qu'elles furent le berceau d'une évolution lyrique. Là, se révélèrent deux talents puissants dont la rencontre fut le premier lien de l'école symboliste. J'ai nommé Laurent Tailhade et Jean Moréas. De leurs fécondes controverses va jaillir le tour nouveau. A la vérité, rien n'était plus dissemblable que ces deux natures et la vie ne devait pas tarder à les disjoindre, mais ils se trouvaient alors réunis par la même fièvre de recherches, la même ingéniosité, la même pénétration et la même hauteur de vues. Tous deux, encore imparfaits, donnaient pourtant, déjà, des gages de leur génie futur. Leur dandysme affecté tranchait sur cet ensemble bohème et décousu. Ils en tiraient relief. Jean Moréas n'avait pas encore dépouillé le vernis levantin, le scintillement exotique. Toujours ganté de blanc, lustré, frisé, sanglé, la boutonnière fleurie, orné de cravates multicolores et de plastrons rigides, il fulgurait de reflets. Sa nature timide et sensible se masquait d'un redoublement de manières

brusques et se rempatait d'un monocle insolent
Sa haine du médiocre s'énonçait en aphorisme:
brefs. Il jugeait de haut et, d'un seul mot, clouai
ses désaveux au front des faux talents.

Tailhade se drapait, à l'espagnole, d'une cap
noire doublée d'écarlate. Prodigieux d'à-propos
d'anecdotes et de saillies, il rejoignait la hauteu
meprisante de Moréas à l'encontre des mauvai
poètes en se couvrant de détours et les culbutai
non d'un coup sec, mais d'une décharge de bon
mots, d'une mitraille de concetti. Nul ne savai
comme lui manier l'ironie ni distiller l'épigramm
avec onction. Le même souci du bien dire le
rendait impitoyables aux fabricants de vers, au:
rhéteurs maladroits.

Leur avantage était d'être enracinés de forte
lectures, au moment même où l'on proclamai
que le génie supplée à tout, et qu'à voyager dan
les livres, l'écrivain risque de perdre son origi
nalité. On juge de quel air ahuri les tenants de c
système entendaient Moréas se réclamer de Mau
rice Scève, Lemaire des Belges et Tailhade réciter
tout d'une haleine, des fragments latins de Clau
dien et des paragraphes entiers de Rabelais.

Tous deux n'en sont encore qu'à leurs débuts
à leur période de dilettantisme. Nous les retrou
verons tout à l'heure, descendus de leur tou

d'ivoire, l'un pour susciter les foules et y répandre son vœu de justice, l'autre pour assurer l'ordre du vieux lyrisme français et le rétablir dans ses droits.

Avec eux, s'isolait du commun des récitants, un poète tôt disparu, Charles Vignier, esprit subtil, dont il reste, sous ce titre un peu dédaigneux, *Centon*, un volume de vers blonds et vaporeux. C'est le « trio de fins poètes » de *Lutèce* dont les numéros traînent sur les tables et où déjà Verlaine publie ses *Poètes maudits*. *Lutèce*, qui n'était jusque-là qu'une banale gazette du Quartier Latin, devient ainsi l'organe officiel du Symbolisme naissant.

LUTÈCE

La *Nouvelle Rive Gauche*, qui paraissait depuis novembre 1882, prit le nom de *Lutèce* en avril 1883. Le directeur en était Léo Trézenik et le secrétaire de la rédaction Georges Rall. Les bureaux furent, successivement, 63 *bis* rue du Cardinal-Lemoine, 83 rue Vaneau, et 16 boulevard Saint-Germain. C'était une publication hebdomadaire, format journal, de quatre pages. Sa rédaction était très éclectique. Tous les genres y faisaient bon ménage. « La consigne est de blaguer », écrivait Louis Dumur, qui y publia les chapitres de son roman *Albert*, d'un ordre pourtant sévère. L'inspiration de ce roman était assez pessimiste, ce qui n'empêchait pas M. Dumur de répondre à un critique allemand, qui avait pris son œuvre pour « un vulgaire et romantique emballage » : « Je n'ai pas voulu autre chose que de vous épater », et il ajoutait : « Il n'y a rien qui me fasse rigoler comme de voir pester les gens rageurs ». Pourtant personne ne s'est **avisé** jusqu'ici de ranger M. Dumur parmi les auteurs frivoles. Willy tenait à *Lutèce* la rubrique des théâtres. Robert Caze y publiait des nouvelles dans le goût réaliste. Jean Moréas ne dédaignait pas d'y rendre compte, avec quelque complaisance, de *la Chair* d'Oscar Méténier. C'était, entre ceux des deux écoles qui se rencontraient au café, un échange courtois de bons procédés. Georges Rall et Léo Trézenik y écrivaient des chroniques pleines d'entrain, mais qui ne se piquaient point de renouveler la littérature. Pourtant, c'est là que Jules Laforgue publia ses *Complaintes* d'un tour si particulier. Jean Moréas y donna ses *Syrtes*. Laurent Tailhade, allant du grave au doux, du plaisant au sévère, y insérait, à côté de strophes d'un symbolisme flamboyant, ses *Quatorzains* d'été où il se parodiait lui-même, à l'exemple de Paul Verlaine. C'est à *Lutèce* que débutèrent Charles Viguier, Paul Adam, Rachilde, Georges d'Esparbès, Henri de Régnier, Francis Viélé-Griffin. J'y débutai moi-même avec ce sonnet :

A TRIANON

Je trouve un charme étrange à tes longues allées
Qui s'ouvrent en ogive à l'horizon vermeil,
A tes bassins de pierre usée où le soleil
N'éclaire plus qu'un tas d'herbes échevelées.

Certes, tu n'as gardé de l'antique appareil
Aucune chose en toi qui ne soit mutilée,
Mais la fleur d'Idalie, à tes ronces mêlée,
De ta naïade lasse embaume le sommeil.

O jardins alignés où roucoulait Léandre,
Que l'amour emplissait de sa voix douce et tendre,
Je ne sais quoi de triste à vous voir me revient,

Et ma mélancolie évoque sous vos arbres
Où dort enseveli le peuple blanc des marbres
Un menuet conduit sur un rythme ancien.

Trianon me reste cher, non seulement par
des souvenirs d'histoire et de lectures, mais
par des souvenirs d'enfance. Dès l'âge le plus
tendre, j'y passais mes vacances d'écolier, chez
le brave Morineau, chef des gardes, ami de
mon père, dans son logement de Trianon-sous-
bois. J'y gagnai de connaître un Trianon ignoré
qui n'est pas celui d'aujourd'hui. On ne l'avait
pas encore restauré. Les pavillons se délabraient et
le grand parc restait fermé. Ce parc, à l'abandon,
offrait à l'enfant rêveur que j'étais le silence de
ses ombrages et la mélancolie de ses ruines. Je m'y
égarais tantôt seul, tantôt accompagné d'enfants
de mon âge (ceux des gardes et du personnel de
service). Toutes ces richesses étaient à nous.
Aucune grille, aucune porte ne nous résis-
taient. Nous nous amusions à faire jouer l'eau des
bassins, à pénétrer dans les recoins les plus secrets.
Nous disions, par jeu, la messe dans la chapelle et
nous donnions aux plus petits la comédie dans la
salle de théâtre, aux fauteuils de velours bleu,

lont nous manœuvrions la machinerie désuète.
Nous singions le guide instruisant les touristes.
Nous en savions la leçon par cœur : « *Cette table,
mesdames et messieurs, est· faite d'un seul
morceau... Cette coupe de malachite fut offerte
Napoléon Ier par l'empereur Alexandre...
Admirez la soie toujours fraîche de ces rideaux...* » Je me souviens qu'un jour de visite,
deux dames en deuil nous avisèrent près de l'oran-
gerie. L'une, âgée et s'appuyant d'une canne,
nous dit : « Je suis la petite-fille de Franklin. Je
vous félicite d'être Français. Il faut aimer la
liberté. » La liberté, nous l'avions alors : c'était
pour nous, de prendre possession de tout ce
qui nous entourait, de rouler sur l'herbe, de
moissonner les fleurs, de faire jouer les serrures
verrouillées, et c'était pour moi, souvent, de m'entretenir en silence avec les peintures des galeries
: les grandes ombres du clair de lune, car déjà
j'avais la tête farcie de romans dévorés en ca-
chette. Alexandre Dumas m'avait appris l'histoire.

Je publiai aussi dans *Lutèce,* par ironie, *le Carnet
un Décadent* et j'y donnai des pastiches d'Edmond de Goncourt. Chacun y avait ses coudées
franches. On s'encensait ou l'on s'égratignait
réciproquement. La malice y était surtout bien
venue.

Voici comment M. Henri de Régnier, qui, pour
tant, sera proclamé tout à l'heure l'un des chef
du Symbolisme, y persiflait le nouveau jeu :

BIOGRAPHIE (1).

« Un soir, il rentra chez lui un livre sous le bras
— un livre vêtu de jaune et d'un aspect inoffensif
et quand il eut regagné son cinquième étage
allumé sa lampe à pétrole, il s'étendit dans so
fauteuil de cuir, jeta un coup d'œil satisfait su
l'ameublement d'acajou de sa chambre et, pre
nant un coupe-papier, celui qu'il appelait familiè
rement : « dit des bonnes lectures », il se mit à lire
et lut : *A Rebours*.

« Le lendemain, vous ne l'auriez pas reconnu

« A partir de ce jour, sa vie décadente com
mença.

« Il voulut revivre autant que possible le livr
révélateur et conformer sa bonne nature à l
nervosité de des Esseintes. Tout d'abord, i
regretta amèrement de n'avoir pas été élevé che
les Jésuites, ce qui le privait d'une partie des sen
sations de son modèle ; — il déplora de n'être pas né
duc, car il ne comptait ainsi parmi ses aïeux aucur
mignon de Henri III et se trouvait dépourvu de

(1) *Lutèce*, numéro du 1ᵉʳ août 1886.

précieuses hérédités. Il se désolait de ne posséder qu'une très médiocre fortune, ce qui lui rendait impossible l'exécution de la partie orgiaque du livre. Il lui fallait renoncer au boudoir de satin rose, aux sphinx qui parlent, aux tortues incrustées, aux ameublements suggestifs, mais il lui restait les parfums, l'orgue de bouche, les dentistes, les lupanars... et les lectures décadentes. Avec cela on peut aller.

« Il commença par le voyage à Londres et goûta, à la taverne anglaise, le haddock, ce poisson qui ressemble singulièrement à du jambon qui aurait des arêtes ; puis, ayant acheté, avenue de l'Opéra, plusieurs fioles de parfums, il se donna des symphonies. Un panier de liqueurs assorties lui permit l'orgue de bouche. Il se fit arracher plusieurs dents, visita les « maisons », tenta d'y emmener des amis très jeunes, goûta le vice et y trouva des charmes.

« Aux lectures décadentes, son vocabulaire se modifia et ses admirations littéraires se restreignirent.

« Une fois dans cette voie, il ne s'arrêta plus et même alla beaucoup plus loin que des Esseintes, car, avec des moyens restreints, il arriva à des résultats surprenants, vraiment.

« Il fut hanté de rêves bizarres, assailli de désirs

étranges. Il s'attardait indéfiniment à certaines suggestions. Parfois, au soir, il rêvait de se promener dans le Luxembourg, grilles fermées ; de marcher dans les allées noires en songeant à des choses très lointaines ; ses yeux se fermaient sur le monde visible et s'ouvraient sur le rêve que déployaient devant lui la réalité de ses hallucinations et ses enfilades de perspectives infinies.

« Un soir d'hiver, enfin, il arpentait les Champs-Elysées. L'avenue s'étendait devant lui, avec ses becs de gaz, qui, dans leur montée parallèle, convergeaient vers l'Arc de Triomphe soupçonné dans la nuit. Alors, il lui prit un très grand regret de n'avoir vu l'enterrement de Victor Hugo, — et il marchait, songeant à cela, — ses yeux se dilataient, il croyait entendre le piétinement de la foule et, parfois, se sentait comme coudoyé, — et afin de se donner mieux l'illusion de la cohue, il grimpa sur un arbre ; — dans la nuit, il lui semblait voir s'avancer l'interminable cortège. Les lointains se peuplaient pour lui d'un défilé sans fin d'hommes et de bannières ; comme un vague tambour, le vent bourdonnait dans les branches sèches, — si sèches, que celle où il s'accrochait cassa, et il tomba — la tête la première à -- à rebours ».

Lutèce vécut jusqu'en 1886.

Léo d'Orfer enregistrait ainsi sa mort dans les *Notes de quinzaine* du *Scapin* (n° 3, 16 octobre) :

« Madame Lutèce vient de rendre le dernier soupir. Elle fut jadis puissante et belle ; elle ne se vendit peut-être jamais guère, en grande courtisane qu'elle fut ; mais elle aura l'éternelle gloire de s'être donnée tout entière aux poètes de l'école nouvelle. Ceux dont la presse clame le nom à cette heure ont écrit pour elle leurs meilleurs vers et aussi les pires. Le berceau du symbolisme et de la décadence fut son lit. Elle aura la gloire du « Parnasse contemporain » et de « l'Almanach des Muses ».

« Il y eut là-dedans de curieuses polémiques, d'ébouriffantes « Têtes de pipe », des articles d'un catholicisme exagéré et de mesquines vindictes. D'étranges hommes et d'étranges choses.

« Le fondateur, M. Trézenik, a eu la nostalgie des pommiers normands et peut-être l'écœurement du journalisme. »

JULES LAFORGUE

L'un des poètes les plus originaux qu'avai
révélés *Lutèce*, Jules Laforgue, ne lui survivra qu
de peu. Il mourra l'année suivante (1887), d'un
maladie de poitrine, à l'âge de vingt-sept ans
Jules Laforgue était « un Breton né sous les tro
piques », à Montevideo.

Il s'est dépeint ainsi au physique, dans se
Moralités légendaires, sous le masque d'Hamlet
« De taille moyenne et assez spontanément épa
noui, il porte, pas trop haut, une longue têt
enfantine ; cheveux châtains s'avançant e
pointe sur un front presque sacré et retombant
plats et faibles, partagés par une pure raie droite
celer deux mignonnes oreilles de jeune fille
masque imberbe sans air glabre, d'une pâleu
un peu artificielle mais jeune ; deux yeux bleu
gris partout étonnés et timides, tantôt frigide
tantôt réchauffés par les insomnies ; un ne
sensuel ; une bouche ingénue, ordinairemen
aspirante, mais passant vite du mi-clos amou
reux à l'équivoque rictus des gallinacés... I
ne s'habille que de noir et s'en va, s'en va, d'un

allure traînarde et correcte, correcte et traî‑
narde (1). »

Il dit encore :

> Mon père (un dur par timidité)
> Est mort avec un profil sévère ;
> J'avais presque pas connu ma mère,
> Et donc vers vingt ans je suis resté,
>
> Alors, j'ai fait d'là littérature,
> Mais le démon de la Vérité
> Sifflotait tout l'temps à mes côtés :
> « Pauvre ! as-tu fini tes écritures?... »
>
> Or, pas le cœur de me marier,
> Etant, moi, au fond trop méprisable !
> Et elles, pas assez intraitables ! ?
> Mais tout l'temps là à s'extasier !
> . . . .
> C'est pourquoi je vivote, vivote,
> Bonne girouette aux trent'six saisons,
> Trop nombreux pour dire oui ou non...
> — Jeunes gens ! que je vous serv' d'ilote.

En 1880 il « vivotait » à Paris. Il demeurait à ce
moment, seul, rue Berthollet, se nourrissant
très irrégulièrement, chez lui, faute d'argent. Une
fois, il voulut, après bien des hésitations, entrer
dans un petit restaurant à un franc. Il en sortit
les joues en feu, la tête lourde ; et il confiait par

____

(1) LAFORGUE, Moralités légendaires (*Mercure de France*).

lettre à sa sœur : « Si tu savais ce que c'est qu[e]
cette nourriture bon marché, dont la cuisson e[st]
bâclée à la diable ! et que de poivre ! » Il ajou[-]
tait : « Je passe des après-midi d'oubli à la Bibli[o-]
thèque. Je ne m'ennuie que lorsque, averti par [la]
faim, je songe qu'il faut manger. Je vois tout [le]
monde entrer dans les restaurants, moi je ne peu[x]
pas ; alors je monte dévorer mes petites provisio[ns]
dans ma chambre ou je vais sur un banc caché d[u]
Luxembourg... Puis, très souvent, au crépuscul[e]
en rentrant, je m'accoude à ma petite croisée et j[e]
rêve, sans pensée, regardant Notre-Dame et l[es]
toits et les cheminées. J'ai la tête si lourde qu[e]
je m'endors de bonne heure ».

Il trainait ainsi désemparé, songeant à la mor[t]
abattu par une immense tristesse, lorsque la pr[o-]
tection de M. Ephrussi lui valut à Berlin la plac[e]
de lecteur de l'impératrice Augusta, aux appoi[n-]
tements de 9 000 francs par an. C'était la fortun[e]
Le voilà introduit dans le monde des cours, log[é]
dans un palais blanc aux salons dorés, entou[ré]
de laquais chamarrés, servi magnifiquement [à]
table ; mais, remarque-t-il, « ces dîners somptueu[x]
sont si fades à mon estomac qui a déjà broyé p[as]
mal de vache enragée ! » ; et ailleurs : « On m'[a]
apporté à déjeuner, — des choses innombrables [et]
fines, — mais je n'ai faim qu'en France ».

L'impératrice est pleine de bienveillance pour lui. Son entourage le gâte. Il continue à s'ennuyer. Dehors, il se désespère à ne voir que « des boutiques allemandes ». Aussi sa joie éclate à Strasbourg, où les enseignes sont en français, où le bureau de tabac a sa lanterne rouge, où il entend une jeune bonne dire en français à un enfant : « Pourquoi que tu pleures, René ? »! « Tu ne peux te figurer, écrit-il à sa sœur, combien cette simple phrase m'est allée au cœur »; et il conclut : « Le bon moyen de maintenir le patriotisme dans le cœur des Français est de les faire voyager ».

Au bout de cinq ans, il se démet de son poste pour se marier avec une jeune Anglaise pauvre, qu'il a connue à Berlin et chez qui il prenait des leçons d'anglais. Le mariage a lieu à Londres, sans autre formalité que la présence d'un clergyman et de quatre témoins, et les nouveaux époux viennent s'installer à Paris, au 8 de la rue de Commaille. La situation pécuniaire du poète est précaire. Il voit disparaître ses dernières économies. Il compte, pour vivre, sur sa plume. Ses *Complaintes*, publiées, lui ont valu du bruit et de précieuses affections. Paul Bourget était depuis longtemps pour lui un protecteur dévoué ; mais son mal de poitrine, qu'il portait en germe à son départ pour Berlin, ne s'est pas amélioré sous les brouillards de la Sprée. Le Dr Robin, après l'avoir ausculté, reconnaît un poumon menacé. Il faut quitter Paris. Laforgue songe à Pau, à Alger. Déjà il ne peut plus travailler. L'opium de ses pilules le tient engourdi deux après-midi sur trois. « Ce fut, bientôt, dit Gustave Kahn, la misère entière, à deux, sans remède, sans amis qui fussent en mesure de l'aider efficacement. C'était la détresse fière et décente, le ménage soutenu par la vente lente d'albums, de collections, de bouquins rares, et puis la maladie aggravée... Une nuit, Mme Laforgue, au réveil, trouvait son mari mort à côté d'elle. »

« Ah ! le funèbre enterrement ! poursuit Gustave Kahn, dans un jour saumâtre, fumeux, un matin jaunâtre et moite ; enterrement simple, sans aucune tenture à la porte, hâtivement parti à huit heures, sans attendre un instant quelque ami retardataire, et nous étions si peu derrière ce cercueil : Emile Laforgue, son frère, Th. Ysaye, le pianiste, quelques parents lointains dans une voiture avec Mme Jules Laforgue, Paul Bourget, Fénéon, Moréas, Adam et moi ; et la montée lente, lente à travers la rue des Plantes, à travers les quartiers sales, de misère, d'incurie et de nonchalance, où le crime social suait à toutes les fenêtres pavoisées de linge sale, aux devantures sang de bœuf, rues fermées, muettes, obscures, sans intelligence, la ville telle que la rejettent sur ses barrières les quartiers de luxe, sourds et égoïstes ; on avait dépassé si vite ces quartiers de couvents égoïstes et clos où quelques baguettes dépouillées de branches accentuent ces tristesses de dimanche et d'automne qu'il avait dites dans ses *Complaintes*, et, parmi le demi-silence, nous arrivons à ce cimetière de Bagneux, alors neuf, plus sinistre encore d'être vide, avec des morts comme sous des plates-bandes de croix de bois, concessions provisoires, comme dit bêtement le langage officiel, et, sur la tombe fraîche, avec l'empressement, auprès du convoi, du menuisier à qui on a commandé la croix de bois et qui s'informe si c'est bien son client qui passe, avec trop de mots dits trop haut, on voit, du fiacre, Mme Laforgue riant d'un gloussement déchirant et sans pleurs, et sur cet effondrement de deux vies, personne de nous ne pensait à la rhétorique tumulaire (1). »

Jules Laforgue représente le type accompli de l'intellectuel en 1880. Il a parcouru tous les pays, visité les musées, dévoré les bibliothèques, Il s'est joué toutes les musiques. Aucune manifestation

(1) GUSTAVE KAHN, *Symbolistes et Décadents* (Vanier, édit.).

d'art ne lui reste étrangère. A vingt ans, ave
cette suractivité cérébrale qu'on remarque che
certains phtisiques, il a fait le tour de toutes le
civilisations. Son cerveau est un carrefour où s
bousculent pêle-mêle les races, les idées, les phi
losophies, les religions. Solitaire et sans le sou, i
n'en traîne pas moins, à travers les spectacle
quotidiens de la rue et la féerie des choses, un
âme plus riche en sensations que celle d'un sa
trape oriental, mais cette vivacité d'impressions s
paye de l'abolition de la volonté. C'est le mal d
temps. La situation de l'homme moderne, au mi
lieu des secousses et des perpétuelles transforma
tions sociales, est celle d'un acrobate obligé d
se maintenir en équilibre sur une boule e
mouvement. Jules Laforgue a appris à lire chez le
Goncourt. Il s'est intoxiqué de leur poison. I
reste préoccupé de l'écriture artiste, de cette litté
rature que Barbey d'Aurevilly appelle la litté
rature du tabac, littérature d'impulsifs, de sen
sitifs, d'impressionnistes, toute en nerfs aigu
vibrants. Il a traversé le fatal Vigny, l'apocaly
tique Hugo. Il a épousé le raphaélisme de Lama
tine, le paganisme de Gautier, la comédie humain
de Balzac et les pastorales de George Sand. Il e
revenu des déclamations puériles de Musset. Il s'e
dépris de Leconte de Lisle pas assez humain, d

Cazalis trop dilettante, de Sully Prudhomme
trop froid, trop technique, mais il reste envoûté de
Baudelaire, ce damné de Paris, du contumace
Corbière, du somnambule et magnétique Rimbaud
et un peu aussi de Mallarmé, orfèvre du brouillard. Quel malaise il ressent, comme tous les
jeunes gens de son époque, de ces influences con-
tradictoires ! Il essuie les plâtres d'un monde en
construction. Curieux de se renseigner et de saisir
un point d'appui, il court partout où l'on récite
des vers. On le rencontre aux *Hydropathes*. Les rares
amis qu'il a, achèvent de le tirailler en tous sens.
Il flotte entre le pointilleux, le méticuleux Bourget qui le retient aux limites du devoir parnassien, et le spéculatif Gustave Kahn qui tient de ses
origines sémites une grande facilité d'improvisation, des aptitudes d'essayiste et qui le pousse
aux aventures.

Baudelaire l'invite à se raconter « sur un mode
modéré de confessionnal », mais lui insuffle ses préjugés de 1830, sa haine du « bourgeois » qu'il veut
éloigner, en se cuirassant d'un peu de fumisme
extérieur. Aux *Hydropathes*, Laforgue rencontre
Sapeck et Alphonse Allais, joyeux farceurs. On
trouve encore originale cette manie d'éberluer ses
contemporains. Ce n'est qu'un ridicule suranné.

En 1880, on croit plus que jamais à la mission

du poète. Nous ne sommes plus au temps o[ù]
Malherbe ne se donnait d'autre importance qu[e]
celle d'un bon joueur de quilles. Jean-Baptist[e]
Rousseau est venu, depuis, se réclamer de l'espri[t]
divin et Vigny a attesté le caractère sacré d[u]
poète. Hugo prend des allures de prophète. L[a]
religion de l'art s'est installée sur les débris d[e]
la Foi. Cette religion veut ses prêtres, ses confes[-]
seurs, ses martyrs. Elle dresse ses basiliques e[t]
ses chapelles. Cela, au moment même où les trône[s]
s'écroulent, où l'opérette triomphe avec Hervé e[t]
Offenbach, où Renan ironise, où Taine coupe l'esso[r]
de l'âme en lui rognant les ailes et prétend que l[e]
crime et la vertus sont des produits naturels du cer[-]
veau comme le vitriol et le sucre ; mais tandis qu[e]
la France s'étourdit de flonflons, Wagner y introdu[it]
le mysticisme et l'influence de Schopenhauer s[e]
marque par une explosion soudaine de pessimism[e.]
Une cassure s'est produite dans l'époque. Cett[e]
cassure se retrouve chez tous les écrivains d'alor[s.]
Parmi les poètes survivants, il y a Banville q[ui]
s'emploie à remettre sur l'épaule des dieux l[a]
pourpre insultée. On trouve chez lui, comme che[z]
Musset, cette idée désolante du génie s'offran[t]
en sacrifice. Pour la rendre, Musset avait dress[é]
l'image du pélican qui nourrit ses petits de s[a]
propre chair. Banville, moins solennel évoqu[e]

l'image du clown qui, pour amuser la foule, s'ex-
pose à se rompre le cou, et il songe aussi à Pierrot,
cet éternel bafoué. Ce n'est plus le bon Pierrot
d'autrefois « qui riait aux aïeux dans les dessus
de portes » et qui se dédommage de ses infortunes
de cœur en dégustant une bonne bouteille ou un
pâté friand. C'est déjà le Pierrot mélancolique
qui va devenir le Pierrot en détresse de Verlaine :

Sa gaieté, comme sa chandelle, hélas! est morte.

 .   .   .   .

Avec le bruit d'un vol d'oiseaux de nuit qui passe
Ses manches blanches font vaguement par l'espace
Des gestes fous auxquels personne ne répond.

C'est en ce Pierrot-là que se reconnaît Jules
Laforgue. C'est à lui qu'il va confier son angoisse.
C'est lui qu'il va choisir comme protagoniste,
pour jouer sur la scène la tragi-bouffonnerie
qu'il médite et qui n'est qu'une réplique mo-
dernisée du *Bourreau de soi-même*.

Laforgue rêve d'écrire « l'histoire, le journal
d'un Parisien de 1880 qui souffre, doute et
arrive au néant et cela, dans le décor parisien,
les couchants, la Seine, les averses, les pavés
gras, les Jablochkoff, et cela, dans une langue
fouillée et moderne, sans souci des codes du goût,
sans crainte du cru, du forcené, des dévergon-
dages cosmologiques, du grotesque, etc. ».

« Ce livre, dit Laforgue, sera intitulé : *le San-glot de la terre*. Première partie : ce seront les sanglots de la pensée, du cerveau, de la conscience de la terre. Un second volume où je concentrerai toute la misère, toute l'ordure de la planète dans l'innocence des cieux, des bacchanales de l'his-toire, les splendeurs de l'Asie, les orgues de Bar-barie de Paris, le carnaval dés Olympes, la mor-gue, le musée Dupuytren, l'hôpital, l'amour, l'alcool, le spleen, les massacres, les Thébaïdes, la folie, la Salpêtrière.

« Puis un roman, tout d'analyses et de no-tules psychologiques. Un personnage et quelques comparses. C'est une autobiographie de mon organisme, de ma pensée, transportée à un pein-tre, à une vie, à des ambitions de peintre, mais un peintre penseur, Chenavard pessimiste et macabre. Un raté de génie...

« Et alors mon grand livre de prophéties, la Bible nouvelle qui va faire déserter les cités. La vanité de tout, le déchirement de l'illusion, l'an-goisse des temps, le renoncement, l'inutilité de l'univers, la misère et l'ordure de la terre perdue dans les vertiges d'apothéoses éternelles de soleils (1). »

____

(1) JULES LAFORGUE, Mélanges posthumes (*Mercure de France*).

Et Laforgue se met à l'œuvre et il accouche
un chaos fulgurant d'éclairs. C'est le prophète
l'inconscient ; son esprit fatigué aspire au
rvanah, à n'être plus que l'algue flottante ou
madrépore sous-marin, à vivre de la vie végé-
tive des plantes. Et il se bat les flancs pour
al écrire en vers, à la façon du clown qui use à
ter ses tours, plus d'adresse qu'il n'en faudrait
ur y réussir. C'est un mélange d'Isaïe et de Ta-
rin, de Wagner et d'Offenbach. Son cri d'an-
isse expire en refrains de café-concert, préoc-
pé qu'il est de se blaguer lui-même, et cela
plique qu'en dépit de dons prestigieux, son
risme échoue avant la cristallisation parfaite
qu'il demeure un essayiste impénitent, comme
l dédaignait d'être autre chose que le heros
'il avait ambitionné de peindre : un raté de
nie.

LES PETITES REVUES

Vers 1885, une violente effervescence se p
duisait dans le monde des lettres. Une nouve
génération, arrivée à l'âge d'homme, vou
prendre sa place au soleil. Elle se heu
à l'hostilité opiniâtre des aînés. Tous les journa
toutes les revues lui étaient systématiqueme
fermés. Cela tenait à une dissemblance d'hume
à une incompatibilité d'idées extraordinai
On eût dit que les désastres de 1870 avaient cre
un fossé profond entre les pères et les fils L'â
française s'était transformée. Aux génératic
frivoles de l'Empire, éprises de gaudrioles et
flonflons, succédait une génération sérieu
triste et concentrée ; Mallarmé comment
Wagner, éveillait un frisson nouveau. Il
avait pas d'entente possible. Les nouvea
venus, trop fiers pour acheter à coups de b
sesses et de servilisme la place qu'on le
refusait, trop pressés d'agir pour se met
à la file et attendre que la vieillesse ou la m
leur eût ménagé des vides, résolurent de marc
au combat avec leurs propres armes, créées

toutes pièces. Ils ouvrirent le feu. Tant pis pour qui se trouvait devant ! Leurs aînés s'étaient montrés assez durs pour qu'ils pussent les traiter à leur tour, en ennemis, sans avoir à s'embarrasser d'aucun scrupule. On assista alors à une véritable levée de plumes, à un pullulement agressif de journaux et de revues dont la nomenclature composerait un volume. Remy de Gourmont en a dénombré plus de cent. Il n'est pas allé jusqu'au bout du compte. Il a oublié *le Chat Noir* où écrivaient Goudeau, Léon Bloy, Moréas, Albert Samain, *la Renaissance* dont j'ai parlé au début de cette étude, *le Faune* de Marius-André, *la Conque* de Pierre Louys, les *Chroniques* de Raymond de la Tailhède et bien d'autres. La plupart de ces feuilles périrent sitôt que nées. N'importe. Il y a souvent plus d'intérêt à les feuilleter qu'à parcourir les grosses publications du temps. Parlons de quelques-unes.

Le Scapin.

Le *Scapin* parut en 1885, sous la direction de M. Emile-Georges Raymond. Bureaux, 41, rue Mazarine ; format journal. Un « avis au public » disait en tête du n° 2 de la deuxième année (10 janvier 1886) :

« *Le Scapin* est définitivement organisé pou
vivre. Il marchera désormais droit au but, san
hésitation comme sans faiblesse. Dédaignan
les turpitudes de la politique, il a négligé d'in
former ses lecteurs du nom de ceux de nos hono
rables qui ont volé des suffrages lors du vote de
crédits du Tonkin ; méprisant profondémen
le bourgeoisisme à l'esprit borné dont les élucu
brations défrayent une trop grande partie d
la presse, il a dédaigné de répondre aux insulte
dont on l'a abreuvé dès le premier numéro. .

« Il ne se fera, quoi qu'on en ait dit, l'organ
d'aucune coterie, d'aucune secte : il n'a pas d
couleur littéraire ; il est et restera ouvert à tout
tentative originale, il prêtera son concours l
plus entier à tous ceux qui luttent pour arrive
au jour, à une époque où il devient de plus er
plus difficile de percer la couche épaisse de sot
tise qui sépare les jeunes écrivains du gran
public. »

Dans ce même numéro figurent des ver
d'Edouard Dubus, et deux poèmes, *l'Attendu*
et *le Rêve de la Reine*, de Louis Le Cardonnel. Ce
dernier poème vaut d'autant mieux d'être repro-
duit qu'il ne figure pas dans le recueil des *Poèmes*
paru depuis :

LE RÊVE DE LA REINE

La reine aux cheveux d'ambre, à la bouche sanglante,
Tient de sa dextre longue ouvert le vitrail d'or,
Pensant que l'heure coule ainsi qu'une eau trop lente,
En ses yeux le reflet d'une tristesse dort,
Et sur sa robe où sont des fleurs bizarres d'or,
Elle laisse dormir son autre main si froide
Que dans un sombre jour de chapelle qui dort
De moins rigides mains portent la palme roide.
Soudain, quelle moiteur à sa peau fine et froide !
A son front lisse perle une sourde langueur,
Et son corsage en dur brocart semble moins roide ;
Est-ce toi, si longtemps immobile, son cœur,
Qui pourra la venir chasser cette langueur,
Et faire étinceler enfin la somnolence
De ses yeux, si longtemps glacés comme son cœur ?
Qui la fera tomber l'armure du silence ?
O crépuscule, dans ta grande somnolence,
Un bois à l'horizon s'étage noir et bleu ;
Haut, le croissant émerge et s'argente en silence,
L'Hippogriffe attendait dans le couchant de feu ;
Et la Reine, égarant son regard noir et bleu,
Maudit l'heure qui coule ainsi qu'une eau trop lente,
Et, sous le dur brocart, sentant sa gorge en feu,
Mord son exsangue main de sa bouche sanglante !

A partir du dix-huitième numéro, *le Scapin*
se transforme en revue bi-mensuelle de 24 pages
in-12, sous couverture verte (M. Alfred Vallette,
secrétaire de rédaction). La nouvelle série s'ouvre

par un manifeste : *la Décadence*, où on lisait
ceci :

« Notre époque, fleurie de crimes habile-
ment forfaicturés, de cabarets et de tavernes aux
prétentions littéraires et aux vitraux peints
de prostitution étonnamment raffinée, de perversité cruelle et de blasement général, nous es
l'image fidèle de l'ère des derniers Césars... Notre
fin de dix-neuvième siècle, en notre Paris fai
un peu de Rome, s'écartant de l'ornière creusé
par le Roi-Soleil, dans les lettres, devait être
taxée de Décadence.

« Décadence ! Qu'en pouvons-nous savoir
Est-ce que la maturité indique la chute?... J'a
cherché en vain le nom de l'imbécile qui décou
vrit, l'autre année, cette appellation... Les litté
ratures sont d'essence novatrice. Elles ne peuven
exister, ce nous paraît, qu'en poursuivant l
recherche d'inconnues.

« L'en-avant est, pour elles, une condition
expresse de vitalité. La stagnation c'est la mort
quoi qu'on en pense de par les Instituts e
Académies.

« La poésie, qui est la plus haute et la plus pur
expression de l'Art, doit tenir la tête de l
caravane intellectuelle... On a parlé de Déliques
cence, d'Evanescence, de Décadence. Des bêtise

et des mots bêtes. Et hardiment on peut soutenir que notre poésie se hausse au lieu de descendre. Malgré quelques singes inqualifiables, l'école actuelle, celle du Symbole, compte quelques suprêmes artistes d'une valeur superbe et qui écrivirent les vers les plus exquis et les plus délicieux que l'on ait vus... M. Stéphane Mallarmé me paraît être le plus étonnant artiste de ceux-là... Chacun de ses poèmes est un drame musical comme les drames de Wagner et expriment parfaitement dans son unité la Vie, ce qui est, certes, le but suprême à atteindre. M. Paul Verlaine est un prodigieux ouvrier qui a vidé son âme de pensées ou d'images, et ouvre des assonances d'une légèreté et d'une dolence fluides. Le comte de Villiers de l'Isle-Adam est le roi des verbes sonores. M. Jean Moréas a marqué sa place parmi eux, ainsi que M. Jules Laforgue, un extravagant fantaisiste, M. René Ghil, un chercheur persévérant, et quelques autres. »

Au sommaire, je lis les noms de Léon Cladel, Edouard Dubus, Maurice de Faramond, René Ghil, Louis le Cardonnel, Jean Lorrain, Stéphane Mallarmé, Victor Margueritte, Stuart Merrill, Paul Morisse, Rachilde, Jules Renard, Laurent Tailhade, Paul Verlaine.

Alfred Vallette, qui devait devenir l'éditeur

et, par ainsi, le propagateur des poètes symb[o]
listes, s'y montrait pourtant assez tiède à le[ur]
endroit. Dans un article : *les Symbolistes*,
écrivait :

« A qui suit de près la jeunesse littéraire [et]
se rend compte de la *totalité* de son effort, il n'a[p]
paraît point que les esprits soient tournés plut[ôt]
vers le Symbolisme que vers n'importe quo[i.]
Jamais plus séparés, plus dispersés, n'ont ét[é]
tous ceux — et ils sont légion — qui tâche[nt]
à mettre debout quelque œuvre d'art. Ils ne s'e[n]
régiment point,... mais, pour aller isolément,..
ils n'en subissent pas moins des influences con[m]
munes. C'est de Baudelaire, du groupe parna[s]
sien, puis de Stéphane Mallarmé et de Paul Ve[r]
laine — dissidents de ce groupe — qu'est n[é]
toute la poésie aujourd'hui adolescente... Il y [a]
même encore des romantiques purs, mais pe[u]
et qui ne valent pas cher. C'est du grand Fla[u]
bert, des Goncourt, de Zola et de Barbey d'Aur[e]
villy que relève, dans des proportions qu'il in[m]
porte peu d'établir, la prose, qui n'évolue p[as]
précisément, ainsi qu'on l'a dit dans un se[ns]
analogue à la poésie. »

Après avoir développé ses idées, Alfred Va[l]
lette concluait :

« On peut dès maintenant affirmer que la li[

térature de notre fin de siècle ne sera pas symboliste... En d'autres nations, en le mystique Allemagne par exemple, peut-être le Symbolisme — guéri de ses manies solitaires de vieillard vicieux — s'infuserait-il dans la prose. En notre France positive, de plus en plus positive, jamais !... L'école du vrai dans le roman français ne semble pas avoir achevé son évolution... et je ne dis pas le vrai photographique et plat, mais le vrai suggestif qui fait penser, — difficulté aussi grande au moins que l'invention du symbole.

« ...Le Symbolisme demeurera là où il est : dans la poésie. C'est là — et là seulement — qu'il peut espérer quelques années d'existence à l'état d'école. Mais encore, dans le grand courant de la poésie française, il ne peut être et ne sera jamais que la source du thalweg, le ruisselet sousmarin qu'il est actuellement. »

Et Alfred Vallette se préoccupait de nous donner le roman vrai en écrivant *Monsieur Babylas*.

Ne quittons pas *le Scapin* sans un aperçu des vers qu'y publiait René Ghil.

Il était alors dans l'une des phases de son évolution. Ce n'était plus sa première manière, ce n'était pas encore sa formule définitive. Il venait de découvrir Stéphane Mallarmé. Il en était resté tellement ébloui qu'il risquait de s'y perdre.

SONNET.

Mais leurs ventres éclats de la nuit des Tonnerres !
Désuétude d'un grand heurt de primes cieux
Une aurore perdant le sens des chants hymnaires
Attire en souriant la vanité des yeux.

Ah ! l'éparre profond d'ors extraordinaires
S'est apaisé léger en ondoiement soyeux,
Et son vain charme humain dit que tu dégénères,
Antiquité du sein où s'épure le mieux.

Et par le voile aux plis trop onduleux, ces Femmes
Amoureuses du seul semblant d'épithalames
Vont irradier loin d'un soleil tentateur :

Pour n'avoir pas songé vers de hauts soirs de glaives
Que de leurs flancs pouvait naître le Rédempteur
Qui doit sortir des Temps inconnus de nos rêves.

Août 1886.

SONNET.

Ma Triste, les oiseaux de rire
Même l'été ne volent pas
Au Mutisme de mort de glas
Qui vint aux grands rameaux élire,

Tragique d'un passé d'empire,
Un seul néant dans les amas,
Plus ne songeant au vain soulas
Vers qui la ramille soupire.

Sous les hauts dômes végétants
Tous les sanglots sans ors d'étangs
Veillent privés d'orgueils de houle

Tandis que derrière leur soir
Un souvenir de Train qui roule
Au loin propage l'inespoir.

RENÉ GHIL.

Septembre 1886.

La Vogue.

Le premier numéro de *la Vogue* parut le 11 avril 1886. C'était une revue hebdomadaire de 36 pages in-18, qui avait pour rédacteur en chef Léo d'Orfer. Bureaux : 41, rue des Écoles. Elle annonçait :

Stendhal inédit, de M. Charles Henry ;

L'Esthétique du verre, de M. Gustave Kahn ;

Une étude sur les impressionnistes, de M. Félix Fénéon ;

Les Poètes maudits (2° série), de Paul Verlaine ;

Les Illuminations, d'Arthur Rimbaud ;

Des nouvelles de Jules Laforgue ;

Et divers ouvrages en prose et en vers de MM. Léon Cladel, Villiers de l'Isle-Adam, Stéphane Mallarmé, Paul Verlaine, Gustave Kahn, Charles Morice, Charles Viguier, Jean Moréas, Paul Adam, Huysmans, Mathias Morhardt, René

Ghil, Joseph Caraguel, Louis le Cardonnel, Jules Laforgue, Jean Lorrain, Édouard Dujardin.

La plupart des œuvres annoncées ont paru. Jules Renard y donna les nouvelles qui composent *Crime de village*. Jules Laforgue y inséra *le Concile féerique*. Jean Moréas et Paul Adam y publièrent *le Thé chez Miranda* où on lisait des truculences de ce genre :

« C'est l'hiémale nuit et ses buées et leurs doux comas.

« Quartier Malesherbes. Boudoir oblong. En la profondeur violâtre du tapis, des cycloïdes bigarrures. En les froncis des tentures, l'inflexion des voix s'apitoie ; en les froncis des tentures lourdes, sombres, à plumetis...

« Dehors, la blancheur pacifiante des neiges.

« Au foyer, la flamme s'allonge, s'allonge et se recroqueville, s'aplatit et se renfle — facétieuse.

« Et des émanations défaillent par le boudoir oblong, des émanations comme d'une guimpe attiédie au contact du derme. »......

Il ne faut voir là qu'un jeu de lettré.

Moréas dira de tout cela, quelques années plus tard, sévère pour lui-même : « C'est purement grotesque ».

Jean Lorrain y donna des extraits d'un roman, *Très Russe*, « où il y a, dit-il, des portraits, celui de Guy de Maupassant, celui de Paul Bourget, un panorama de la société royale et de l'Empire ».

La Vogue était convertie aux idées d'évolution. Elle s'avouait persuadée que « le capitalisme doit évoluer, et que dans la limite où ces termes sont connexes, capitalisme, christianisme et judaïsme doivent évoluer ».

Au milieu de l'an 1884, Léo d'Orfer avait eu l'idée de demander à « bon nombre d'écrivains et de poètes » une définition de la poésie. Voici les réponses les plus curieuses qui lui furent adressées :

« La poésie est l'expression par le langage humain, ramené à son rythme essentiel, du sens mystérieux des aspects de l'existence ; elle doue ainsi d'authenticité notre séjour et constitue la seule tâche spirituelle.

« STÉPHANE MALLARMÉ. »

« ...Aujourd'hui, les poètes modernes me semblent faire de la poésie ce que le Binet de *Madame Bovary* faisait du bois : « une de ces ivoirines indescriptibles, composées de croissants, de sphères creusées, les unes dans les autres, le tout droit comme un obélisque » et ne servant à rien, — heureusement. C'est du tournage de vocables vides, en chambre ; mais enfin la poésie est au-dessus de ces tourneurs et, par les temps utilitaires qui courent, il me semble qu'elle devrait être, à la suite de Baudelaire et de Verlaine, l'un des factices véhicules des esprits détenus, — quelque chose de vague comme une musique qui permette de rêver sur des au-delà, loin de l'américaine prison où Paris nous fait vivre.

« J.-K. HUYSMANS. »

« ...Pour moi, la poésie est l'interprétation du monde confiée à la seule sympathie (prise au sens philosophique du mot). C'est donc l'expression des choses par les rapports qu'elles ont ou sont supposées avoir avec l'essence morale de l'homme. Il s'ensuit que le cœur joue dans la poésie un rôle prépondérant.

« La versification est l'art de choisir et d'adonner les mots de manière à en tirer une expression musicale qui en complète l'expression littérale. C'est donc l'art de conférer au langage la plus grande efficacité possible.

« La comparaison est essentielle à la poésie. Les images ont pour but de faire saillir le caractère d'une chose en les faisant reconnaître dans une autre ; la comparaison, en les détachant, les met en évidence. Les images sont particuliè-

rement utiles à l'expression des sentiments.
Le cœur se fait comprendre par des analogies
parce qu'il ne le peut par des définitions lesquelles
ne sont pas de son ressort... La poésie a pour
ennemie mortelle la méthode scientifique...

« SULLY-PRUDHOMME. »

« La poésie ne peut être définie, heureusement,
car, si l'on parvenait à l'enfermer dans une formule, personne n'en serait plus épris. Elle n'aurait plus le charme suprême qui est précisément
l'être indéfinissable...

« MARTHA. »

M. Charles Viguier comparait le poète à un
magicien qui préside aux incantations en mar-
mottant des mots de cabale et qui échoue si
le vers ou la phrase maléfique ne sont figés
dans leur impermutable expression ».

Un inconnu appelait la poésie « l'essai d'expression de l'indéfinissable ».

Jean Moréas avait envoyé douze points d'in-
terrogation. Laurent Tailhade plaisantait, ne
retenant de l'état de poète lyrique que la facilité
d'un beau mariage, et Joseph Caraguel ne voyait
dans la poésie que « l'art de dire excentriquement
les banalités ».

Pour aider à la définition de la poésie, *la Vog*
reproduisait l'*Art poétique* d'Horace, tradı
en vers français par Jacques Peletier du Mar

La Vogue de d'Orfer ne fournit pas une long
carrière. Le titre fut repris depuis à deux repris
pour des publications nouvelles, en 1889 p
Gustave Kahn et en 1899 (avant de disparaît
définitivement) par Tristan Klingsor.

LES POÈTES DÉCADENTS

Ce fut à l'hôpital Tenon, où la jeunesse lettrée se rendait, comme en pèlerinage, auprès de Paul Verlaine, que je fis, un dimanche de l'été 1886, la connaissance d'Anatole Baju. L'assistance était nombreuse. Verlaine ne pouvait se lever. Sur son lit traînait un journal en grossier papier gris. Quelqu'un le prit et en lut à haute voix le titre : *le Décadent,* en se moquant. Encouragé par l'acquiescement de certains sourires, il demanda étourdiment : « Quel est l'imbécile qui a osé ramasser ce titre ridicule? — L'imbécile, c'est moi ! » répondit une voix nette, tranchante comme un défi. Je me tournai et tout Baju m'apparut alors, ramassé, âpre, têtu, avec, dans une petite figure vieillotte, la flamme d'un regard vibrant. L'interlocuteur, dérouté, revint à plus de courtoisie et l'on discuta sur l'opportunité du mot *décadent.*

Le mot avait été prononcé pour la première fois par un critique du *Temps,* M. Bourde. (Le hasard a de ces rapprochements pleins de malice.) Il lui avait d'ailleurs été soufflé par des *Déli-*

quescences d'Adoré Floupette, où avaient colla
boré deux bons écrivains : Henri Beauclair et
Gabriel Vicaire.

Paul Verlaine trancha le cas :

« J'aime, dit-il, le mot de décadence tout miroi
tant de pourpre et d'ors. J'en révoque, bien en
tendu, toute imputation injurieuse et toute idée
de .déchéance. Ce mot suppose au contraire des
pensées raffinées d'extrême civilisation, une haute
culture littéraire, une âme capable d'intensives
voluptés. Il projette des éclats d'incendie et de
lueurs de pierreries. Il est fait d'un mélange
d'esprit charnel et de chair triste et de toutes les
splendeurs violentes du bas-empire ; il respire le
fard des courtisanes, les jeux du cirque, le souffle
des belluaires, le bondissement des fauves, l'écrou
lement dans les flammes des races épuisées par
la force de sentir, au bruit envahisseur des trom
pettes ennemies. La décadence, c'est Sardanapale
allumant le brasier au milieu de ses femmes
c'est Sénèque s'ouvrant les veines en décla
mant des vers, c'est Pétrone masquant de fleurs
son agonie. C'est encore, si vous voulez prendre
des exemples moins éloignés de nous, les mar
quises marchant à la guillotine avec un sourire
et le souci de ne pas déranger leur coiffure
C'est l'art de mourir en beauté. C'est d'ail

leurs ce sentiment qui m'a dicté le sonnet que vous connaissez :

Je suis l'Empire à la fin de la décadence.

« Il y a aussi dans ce mot une part de langueur faite d'impuissance résignée, et peut-être du regret de n'avoir pu vivre aux époques robustes et grossières de foi ardente, à l'ombre des cathédrales. Nous pouvons faire une application ironique et nouvelle de ce mot, en y sous-entendant la nécessité de réagir par le délicat, le précieux, le rare, contre les platitudes des temps présents ; même s'il était impossible de laver complètement le mot *décadent* de son mauvais sens, cette injure pittoresque, très automne, très soleil couchant, serait encore à ramasser, en somme ! »

Verlaine venait de réhabiliter le mot *décadent*. Plus tard, Baju proposera, pour couper court à toute équivoque, d'atténuer la brutalité du mot en un dérivé : *décadisme*. Le maître, amusé, exultera :

« Bravo ! *décadisme* est un mot de génie, une trouvaille amusante et qui restera. Ce barbarisme est une miraculeuse enseigne. Il est court, commode, sonne littéraire, sans pédanterie, enfin fait balle et fera trou ! »

Et en effet le décadisme a fait trou.

Baju était accompagné ce jour-là de Maurice du Plessys, que je ne connaissais pas davantage. L'aplomb massif de l'un exagérait encore, par contraste, l'allure toute dégagée et fringante de l'autre. Tous deux plaisaient par leurs qualités de nature, celui-là tenace et réfléchi, l'autre ingénieux, subtil, d'une ironie finiment aiguisée. Quand Verlaine eut achevé les présentations, nous fûmes ravis d'apercevoir que nous abondions en idées communes. Nous étions jeunes. Les choses vont vite à cet âge. En quittant l'hôpital, il semblait que nous fussions déjà de vieux amis. J'ai dit que c'était un dimanche. Nous avions le loisir de flâner dans les rues jusqu'au soir. Il fallait traverser cette région désolée de Ménilmontant et de Charonne. Autour de nous s'allongeaient des terrains vagues, des jardins incultes rongés d'orties et de tessons de bouteilles. Les tournesols sauvages mettaient leur disque jaune et noir au-dessus des treillages affaissés, des palissades disjointes. De loin en loin des réverbères coudés évoquaient d'anciennes potences. Des escaliers de bois escaladaient des talus plantés de poteaux télégraphiques. Les trottoirs effondrés, la chaussée dépavée où croupissaient des flaques d'urine, les masures sordides, les étalages avariés, tout suait la misère. Le tristes cheminées d'usines barraient l'horizon. La décrépitude des choses torturait les nerfs, jetait au découragement et prédisposait aux confidences. Nous fûmes longtemps avant de trouver un cabaret sortable. A l'ombre des fusains poussiéreux, parmi les détritus et les loques, à l'angle d'une rue déserte, on nous servit, en guise de bière, une sorte de piquette âcre, empestant le buis. On causa.

Voici ce que j'appris de Baju, moins de lui-même, toujours silencieux sur son propre compte, que des amis présents. Nous nous trouvions une demi-douzaine, parmi lesquels Cazals, autant qu'il m'en souvient.

Baju, né dans la Haute-Vienne, était venu depuis peu à Paris, poussé par l'ambition de s'y faire un nom. Il n'avait pas eu besoin de me confier qu'il était pauvre. Sa mise trop simple et sa figure ravagée en étaient les sûrs garants. Orphelin de père, astreint de bonne heure, pour gagner sa vie, à un métier dur et pénible, c'est sur ses heures de sommeil qu'il avait économisé le temps de s'instruire. D'abord ouvrier piqueur de meules (ses mains en portaient le stigmate), il avait conquis de haute lutte (au prix de quels efforts surhumains !) la modeste situation d'insti-tuteur communal adjoint à Saint-Denis. Ce n'est pas lui qui me fit cet aveu. Il s'en cachait comme d'une tare. Il ne parlait jamais de sa profession et rougissait comme un enfant pris en faute, à la moindre allusion. On se doute quelle somme de satisfactions et de réjouissances mondaines il pouvait retirer, lui, soutien de famille, de ce modeste emploi aux appointements annuels de quatorze cents francs. Sa fréquentation devait me révéler la misère en redingote de ces éducateurs de la jeunesse, instruits, intelligents pour la plupart, insuffisamment rémunérés et que je voyais descendre, en dehors de leur service, à des travaux bas et vulgaires, pour gagner de quoi équilibrer leur maigre budget. Est-ce que l'un d'eux ne servait pas comme garçon, le soir, dans un café voisin de l'école ! Baju avait pour collègue notamment Théodore Chèze qui, dans un livre amer, *L'Instituteur*, a dit les rancœurs de sa profession, et le peintre Aimé Pinault, qui a publié des études remarquées sur la perspective et la théorie des couleurs. Non seulement ces pauvres diables mouraient littéralement de faim, mais leurs excursions dans le domaine de la pensée leur valaient toutes sortes de tracasseries de la part de l'administration. Il ne fait pas bon s'évader de la routine et faire preuve de quelque initiative d'esprit dans le monde des fonctionnaires. S'abrutir à d'interminables parties de manille ou de billard est chose courante, admise et très excusable, mais faire œuvre d'artiste, c'est se perdre irrémédiablement. Malheur à celui dont les collègues peuvent dire au café, entre deux absinthes, avec un geste de pitié ou de mépris : « Encore un intellectuel !... » Circonstance aggravante, dans un milieu réactionnaire, Baju ne cachait pas ses préférences pour l'idéal politique de Jules Guesde. Par prudence il signait du prénom de son frère Anatole.

On suppose bien qu'avec si peu de ressources, Baju devait rogner sur sa nourriture pour subvenir aux frais de son journal. Par économie, il l'imprimait lui-même, aidé de son frère cadet, ouvrier typographe. Il avait loué, pour y installer son outillage, une mansarde au fond d'une cour de la rue Lamartine, mais la presse faisait du bruit. Les voisins se plaignaient. Baju reçut congé. Pris au dépourvu, force lui fut de s'adresser à un imprimeur. Les frais s'accroissaient.

C'est dans les feuilles publiques qu'à peine débarqué de sa province, il avait pris ce mot de *décadent*, alors à la mode. C'était le temps où des Esseintes régnait. On menait grand bruit autour de Paul Verlaine et de Stéphane Mallarmé. On discutait passionnément les *Poètes maudits*. Jules Laforgue venait de publier ses *Complaintes*. Le vent soufflait de ce côté. Il suivit le vent. Mille projets bouillonnaient dans sa tête. Il restait encombré d'un chaos de lectures. On sentait bien que la décadence n'était pas son fait. Fils d'une race saine de paysans pratiques, il pensait fort et droit. Il avait, dans les veines, du sang de lutteur. Il avait d'autres visées que celles d'être un ciseleur de phrases, un délicat joueur de flûte. Son instinct le poussait vers de plus vastes entreprises ; il se préoccupait de l'évolution sociale ; il aimait l'atmosphère orageuse des réunions publiques ; il brûlait d'y prendre la parole et de conquérir les foules. Mais il avait rencontré Du Plessys qui, subtil et charmeur, lui avait imposé momentanément une attitude. Son esprit fruste subissait l'ascendant de ce raffiné qui l'éblouissait de tout son dandysme délicat et de toute sa séduisante désinvolture, mais il ne le suivait qu'avec difficulté, fatigant, hésitant, tiraillé par mille pensées contradictoires. Cette première série du *Décadent* manquait donc d'esprit de suite et d'intérêt, en dépit, çà et là, de quelques collaborations précieuses.

Les symbolistes auxquels Baju avait entr'ouvert son journal avaient failli l'absorber. Il fallait réagir. Nous décidâmes sur-le-champ de réorganiser cette entreprise et de créer une rédaction homogène. Un programme fut vite élaboré, *inter pocula*, et accepté d'enthousiasme. Deux ou trois numéros du format journal restaient encore à paraître. Il fut décidé que, pour bien marquer la différence, une courte suspension s'ensuivrait, et que *le Décadent* reflairait alors sous un autre format.

C'est à la fin de cette même année que parut le numéro 1 du format revue, sous couverture jaune-citron, avec, au sommaire, les noms de Paul Verlaine, Maurice du Plessys, Laurent Tailhade, Jean Lorrain, Anatole Baju, Ernest Raynaud, auxquels se joindront, dans les numéros suivants, d'une façon régulière et continue, les noms de : Jules Renard, Albert Aurier, Pillard d'Arkaï, Georges Fourest, Boyer d'Agen, Edouard Dubus, Louis Dumur, André de Bréville, Louis de Saint-Jacques, Vicomte Jean Vassili, Valère Gille, Martial Besson, Paterne Berrichon, Félix Noore, Norbert Lorédan, Émile Cottinet, Charles Darantière, A.-F. Cazals, Théodore Maurer, Fernand Mazade, etc.

On pouvait y lire ces fières déclarations :

« Les Décadents ne voient pas comme tout le monde et ils sont assez hardis pour traduire fidèlement leurs impressions. Voilà ce qui fait leur personnalité. Peu soucieux des préjugés, ils les heurtent de front, au risque de les démolir, mais sans crainte de s'y briser. »

Et encore :

« La critique tiendra la première place dans *le Décadent*. Littéraire, théâtrale, artistique, elle sera faite par des esthètes tels que MM. Maurice du Plessys et Ernest Raynaud, dont la haute compétence n'a jamais subi l'irrévérence du doute. C'est par elle, autant que par nos œuvres personnelles, que nous rectifierons le mauvais goût et que nous imprimerons au mouvement de l'intelligence la direction trop souvent évitée aujourd'hui. Aucune œuvre n'échappera à notre contrôle, toutes seront marquées au chiffre unique de leur valeur. Tant pis pour celles qui s'écraseraient sous les coups de poinçons ! Les critiques du *Décadent* n'auront que l'art pour critérium ; ils sont trop indépendants pour que des souvenirs hostiles ou amis puissent influer sur leur tempérament : leurs verdicts seront donc définitifs et sans appel ! »

Baju ne tarda pas à quitter Saint-Denis pour Paris. Il s'installa boulevard de la Chapelle. Une grande pièce vide, tendue de papier rouge, servait à la fois de cuisine, de salle à manger et de cabinet de rédaction. Mme Baju mère, cordiale vieille, sous son bonnet de paysanne, recevait, en l'absence de son fils, les visiteurs. Il en venait de toutes sortes, des poètes chevelus et crottés, des gentlemen fleuris d'orchidées, des esthètes chargés d'orfèvreries, des demi-vierges à bandeaux plats, des bas-bleus évaporés. D'un visage égal, Mme Baju, dérangée de son pot-au-feu, ouvrait à tout le monde. Sa cuiller à la main, nullement intimidée par l'importance des faux cols et le relief des bijouteries, elle désignait un siège et retournait à son bouillon ou à ses ravaudages. Les chercheurs d'aventures détalaient vite, chassés par l'air d'honnêteté que respirait cet humble logis de travailleur. Les autres attendaient silencieusement et subissaient les petits potins du jour que les commères déposaient en passant dans l'escalier. Les deux fenêtres donnaient sur le boulevard, les chantiers du chemin de fer du Nord, la tour de bois d'une grosse horloge dressée en plein ciel. C'était une distraction de regarder tourner les aiguilles en attendant le retour de Baju.

Le cabinet de rédaction, vraiment trop incommode et trop souvent en proie aux coups de balais et aux bruits de vaisselle de Mme Baju, nous forçait à abréger les conciliabules entre rédacteurs.

Nous préférions nous réunir dans les cafés du quartier. On se donnait rendez-vous les soirs de liberté, indifféremment ici ou là, pour éviter la cohue et les promiscuités fâcheuses. Nous choisissions de préférence ces petits cafés blancs à banquettes rouges; comme il en existait encore à cette époque aux environs de la rue de Flandre, à l'enseigne de Béranger, quand ce n'était pas le café du Commerce ou le café du Cercle. La province y respirait. Une fidèle clientèle de petits rentiers y taquinaient le domino. Ces cafés fossiles conservaient au râtelier la pipe des abonnés et l'on y buvait même des infusions de tilleul. Ils sentaient la moisissure propre et l'humidité, mais on n'y était pas étourdi par le bruit des voix et l'on pouvait s'attarder dans la lecture des journaux, toujours libres. L'élégance appliquée de du Plessys, les théories socialistes de Baju avaient bien, d'abord, jeté quelque défiance parmi cette paisible clientèle; mais on s'était vite rendu compte de nos intentions pacifiques et nos vers déclamés à mi-voix dans les coins, à la fin ne troublaient plus guère que la somnolence du garçon et de la dame de comptoir.

Au début, nous étions peu nombreux. Les frères Baju, Maurice du Plessys et moi, suffisions à assurer le service de la revue. Encore du Plessys se contentait-il de nous tenir en haleine par l'exposé de projets grandioses sans cesse renouvelés. Il mettait son orgueil à rester le seul à qui, comme disait Baju, « on ne pourrait jamais reprocher son passé littéraire ». Il n'écrivait pas ou peu; non par impuissance, mais par dédain. Il se pouvait dire, comme Mallarmé, « incompétent en autre chose que l'Absolu ». La revue étant bi-mensuelle, nous n'avions guère le loisir de nous reposer entre deux numéros, si l'on considère que nous ne pouvions y sacrifier, accaparés par des besognes nécessaires, que le superflu de notre temps. Lorsqu'à la veille de paraître la copie manquait, nous devions y suppléer, mais, pour faire illusion, nous étions obligés de multiplier les pseudonymes. Tous les noms d'amis, même les plus étrangers à la littérature, y passaient, à leur grand étonnement. D'autres fois, on faisait collaborer, à leur insu, des personnalités fameuses, tel Coppée, tel Sully Prudhomme, tel le général Boulanger, tel Sarcey, dont nous annoncions, avec une joie feinte, la conversion au décadisme. Et le plus admirable, c'est qu'à ce propos nous recevions des lettres de félicitations.

Nous avions même imaginé d'imprimer du faux Rimbaud, mais cela devait nous perdre.

Verlaine, froissé de ces procédés qu'il jugeait, à
tort ou à raison, injurieux pour la mémoire de son
ami, m'avait prié d'intervenir auprès de Baju
pour qu'il s'en abstînt désormais, ce qui n'em-
pêcha pas ce dernier de continuer — en l'absence
de sonnets où il était incompétent — à émailler
la revue d'annonces fantaisistes sur le grand disparu. Je dus me fâcher. Tailhade avait eu aussi
à se plaindre de je ne sais quels manques d'égards
et il exhalait sa rancune en cinglantes épigram-
mes :

> Ce noble délire,
> Dieu ! que ne l'ai-je eu ?
> Je voudrais tant lire
> Des vers de Baju !

ou encore :

> Le stupide Baju qui dit : *Je, ji, jo, ju.*

Pillard d'Arkaï avait émigré vers la Côte d'Azur.
Du Plessys écrivait moins que jamais. Livré à
ses seules forces, Baju dut, au trente et unième
numéro, en avril 1889, cesser la publication du
Décadent. Donnant libre cours à son vœu le plus
cher, il essaya d'une *France littéraire*. Ce titre
montre excellemment quelle était la nature de
ses ambitions. Comme s'il avait voulu se targuer
d'un joug secoué, son nom, sur la couverture

jaune, s'étalait en plus gros caractères, mais *la France littéraire* rendit l'âme après trois ou quatre numéros !...

Baju avait, entre temps, quitté le boulevard de la Chapelle pour le boulevard Barbès. Il ne devait plus s'occuper que de politique. Il se présenta même, comme député, dans sa province. Il ne fut pas élu. Il publiait, à longs intervalles, des brochures sociales chez Vanier, puis j'appris brusquement sa mort survenue le 24 avril 1903, à son dernier domicile, rue Poulet, à Montmartre. Alcanter de Brahm et moi, seuls de ses anciens collaborateurs, suivîmes, par un temps gris, son cercueil à travers les rues tristes de l'extrême Montmartre, vers la barrière de Saint-Ouen. Il s'était consacré, paraît-il, sur la fin, à des travaux de pure érudition. J'ai connu le plan d'une étude sur la langue de Racine. On pourra m'objecter que son bagage littéraire n'est pas très considérable et que la valeur n'en est pas incontestée. Je répondrai que le mérite de Baju fut surtout dans l'exercice de sa volonté.

Il a, en outre, rendu service aux écrivains nouveaux, car plus que personne il a contribué à créer autour de leurs œuvres une agitation profitable. N'oublions pas que tous ses articles étaient repris et commentés par la grande presse.

Le très puissant *Figaro* ne craignait pas, au moment de la polémique boulangiste, de l'opposer à Maurice Barrès. Être arrivé à donner aux autres une telle illusion de soi-même, témoigne, on l'avouera, d'un tempérament peu banal. Il passa un moment, auprès des foules, pour diriger l'élite de la jeunesse. C'est peu et c'est beaucoup, suivant qu'on voudra bien l'entendre.

Baju fut si décrié qu'il me semble bon d'insister et d'opposer à ses détracteurs l'opinion de Paul Verlaine. Voici ce que disait le maître dans la notice des *Hommes d'aujourd'hui* qu'il lui a consacrée :

« Anatole Baju, littérateur français, né à Confolens (Charente), le 8 mars 1861, fils de meunier fut élevé au moulin de Saint-Germain-sur-Vienne. Son père, qui était poète, ami de Lamartine et de George Sand, fit sa première éducation et l'envoya ensuite achever ses études au collège de Confolens.

« Adolescence passée à la contemplation de la nature et à rêver. A la mort de son père, en 1878 il prit la direction des affaires de la maison, écrivit entre temps divers articles ou poèmes publiés çà et là.

« L'obsession de la littérature lui fit peu après abandonner l'industrie pour se livrer tout entier à son penchant.

« C'est alors que, dans sa retraite de Bellac, il composa *l'Assaut de l'Olympe* (1882), recueil de poèmes publié à Limoges et devenu aujourd'hui introuvable.

« Ce livre marquait déjà une tendance très accusée à l'affranchissement de la métrique et de la langue.

« Quoique profondément originale, l'œuvre eut peu de succès. Baju comprit qu'il devait changer de scène.

« Consciencieux, il voulut, avant d'aller plus loin, étudier mieux la vie, observer l'humanité. Dans cette vue il se mit à voyager, parcourant les diverses contrées de l'Europe et de l'Amérique en accumulant les documents (1).

« Revenu en France, en 1884, le vœu maternel le fixa à un emploi administratif qui lui laissait assez de loisir pour donner cours à ses goûts littéraires.

« Baju eut bientôt noué de nombreuses et cordiales relations dans le monde des lettres parisien.

« Considérant avec regret le manque d'unité du mouvement décadent qui commençait alors à se dessiner, il résolut de fonder un organe qui

(1) Verlaine tenait ce renseignement de Baju lui-même, mais je soupçonne fort ces voyages d'être un produit fertile de l'imagination du jeune pince-sans-rire.

rassemblerait ces « forces éparses en·un faisceau « unique ».

« Il fit alors la connaissance de Maurice du Plessys, le poète gentilhomme, avec lequel il fonda *le Décadent*.

« La suite est connue...

« Mais il convient d'ajouter à ces notes biographiques sommaires que Baju, indépendamment de son très réel mérite personnel, de son intelligence et de son énergie des plus remarquables, existe littérairement surtout par le journal *le Décadent* (second semestre de 1886) et la brochure *l'École décadente* (juillet 1887). Relisez ses articles dans la collection déjà précieuse du fameux canard, vous dégageant, bien entendu, de tous préjugés, de par la Presse hostile lue, ou des plaisanteries trop faciles écoutées ; relisez surtout le récent pamphlet, et vous resterez persuadés comme moi, non seulement de la conviction si profonde et si courageuse, mais encore et surtout, de l'absolu bon sens absolument triomphal, envers et contre tout et tous, du polémiste comme du théoricien.

« Je prouve mon dire :

« En somme, voyons, de quoi retourne-t-il, au fond, sous cette question des décadents?

« Un certain nombre de jeunes gens, las de lire

toujours les mêmes tristes horreurs, dites naturalistes, appartenant d'ailleurs à une génération
plus désabusée que toutes les précédentes, mais
d'autant plus avide d'une littérature expressive,
de ses aspirations vers un idéal, dès lors profond
et sérieux, fait de souffrance très noble et de très
hautes ambitions, — injustement, sans doute, un
peu dépris de la sérénité parnassienne et de l'impassibilité pessimiste d'un Leconte de Lisle,
d'ailleurs admiré, s'avisèrent un jour de lire mes
vers, écrits pour la plupart en dehors de toute
préoccupation d'école, comme je les sentais,
douloureusement et joyeusement poétiques encore, et pleins, j'ose le dire, du souci de la langue
bien parlée, vénérée comme on vénère les saints,
mais voulue aussi exquise et forte que claire
assez. Ces vers leur plurent par la sincérité de
leur art et l'intense simplicité du fond. Le hasard
voulut qu'à l'époque qu'il fallait je fisse paraître
les Poètes maudits, beaucoup pour Corbière et
Mallarmé, mais surtout pour Rimbaud. Cet opuscule eut tout le succès souhaité et quelque tapage
s'ensuivit. Je fus assez heureux pour que le nom
de mon cher ami Mallarmé, déjà si honorable-
ment connu d'un tout petit choix d'élus parmi
l'élite des raffinés et des curieux compétents,
retentît cette fois un peu plus fort et allât taqui-

ner l'oreille de la Presse. Il la taquina si bien, cette oreille, ce nom d'un artiste suprême, de qui j'ai dit, d'ailleurs, qu'il considérait la clarté comme une grâce secondaire, qu'une assez plaisante confusion commença de régner. Échotiers et chroniqueurs, gent malicieuse, affectèrent d'envelopper dans le même reproche d'ésotérisme pointu et de « symbolisme » frisant le rébus mes humbles vers, ceux si nets de Corbière et ceux si superbement lucides de Rimbaud.

Bref, dès ce moment précis, « décadents » — un mot vaguement né où? comme « romantiques », comme, mais mieux que « naturalistes » — signifiait, en nous désignant, mes trois *Maudits* et moi, et ceux d'entre les jeunes gens dont il a été parlé plus haut, qui avaient déjà publié des vers — amateurs de l'obscur, propagateurs de théories abstruses, absconses et tout ce qu'on voudra dans ce goût-là, et, par quelle étrange association d'idées? pessimistes et schopenhauriens (or je vous annonce, pour peu que vous y teniez, que je n'ai jamais, pour ma part, lu une ligne du, paraît-il, décourageant Épicure teuton).

« C'est alors que Baju vint, et, en vue de congréger « les forces éparses en un faisceau unique », pour me servir de ses propres expressions rapportées au commencement de ce travail, fonda *le*

Décadent, au milieu de quelles difficultés, avec combien de bravoure et de furie, ce n'est rien que de le dire. Dès les premiers numéros, il rétablit la vérité, alla droit au but, mit les pieds dans le plat et, fort de sa rédaction vraiment homogène, n'hésita pas à prendre l'offensive en toute témérité vraiment française, et si franche ! Naturellement, les ripostes abondèrent, fourmillèrent, dures, cruelles, mais que lui faisait ? Et il rendit coup pour coup. »

On n'attendait pas d'écrivains, échauffés de leur jeunesse et de leurs convictions, persuadés de leur bon droit, des procédés de polémique d'une courtoisie de talons rouges. Les Décadents n'ont même pas le mérite d'avoir inauguré dans la littérature ce que M. François Coppée appelait des « mœurs de Caraïbes ». Ces mœurs ont été apportées par les romantiques (1). Lorsque Théophile Gautier traitait Racine de « polisson »,

(1) N'existaient-elles pas même au delà ? Rappelons-nous les polémiques de Ronsard et de Grévin, celles de Boileau et de l'abbé Cottin, de Voltaire et de l'abbé Desfontaines. Et les diatribes de Jean-Baptiste Rousseau et celles de Gilbert à l'encontre de leurs confrères, et, plus haut encore, les traits de Virgile à l'endroit de Bavies et de Mœvius ; mais il faudrait reprendre toute l'histoire littéraire. Ces mœurs sont éternelles.

lorsque Victor Hugo traitait Boileau de « cuistre » et disait :

Un âne ressemblant à M. Nisard brait.

ils montraient la route à leurs successeurs, ils donnaient le ton à la polémique future. Les naturalistes, débraillés et cyniques, avaient encore accentué ces mauvaises façons, ces étranges arguments de discussion. Ils se frayaient un passage à travers l'opinion à coups de massue et à coups de gueule. Ils nous ont déshabitués du respect.

Les Décadents, imitant leur exemple, ne s'embarrassaient guère de scrupules et tombèrent à bras raccourcis sur les réputations les mieux établies. Un vent d'anarchie soufflait d'ailleurs à cette époque. Les institutions ne furent pas épargnées. L'Académie française (qui commence par y être habituée) a senti la violence de leurs coups. On écrivait d'elle :

— « *N'a-t-elle pas toujours été un obstacle à tous les mouvements de la pensée? Un foyer de haines sourdes ou d'hostilité déclarée contre toute œuvre marquée à l'empreinte de l'Art? Pas de phraséologie; des faits ! Opposition furieuse aux romantiques, aux naturalistes et aux Décadents.* »

Et çà et là, on pouvait lire, à l'adresse de divers, des aménités de ce genre :

*pompera tout l'or françqis. Ce n'était pas assez
que, vivant, ce vieillard cupide ait corrompu le
goût public avec ses extravagances littéraires. Il
nous fallait aussi le subir après sa mort. Voici
qu'on annonce encore sept ou huit kilogrammes de
manuscrits à publier. C'est un défi à la civilisation.»*

Voilà le ton. Émile Zola n'est pas mieux traité.
Il est « dégoûtant, abject, répugnant ». M. Paul
Bourget continue dans *la Vie parisienne* la
série de ses « naïvetés psychologiques ». « Cette
fois, pouvait-on lire, la roue a tourné *Mensonges.*
Bonne affaire, trente-six grammes de papier
de plus qu'à l'ordinaire. » Coppée est « débili-
tant ». Pierre Loti « manque d'originalité ».

On sentait dans ces attaques, dont l'outrance
soulignait l'enfantillage, un besoin de piquer au
vif l'opinion ; Cabrion se plaît à scandaliser Pipe-
let. Imaginez la stupeur de Joseph Prudhomme lisant des aphorismes de cette enver-
gure :

— *« Le plus sûr moyen de se faire mépriser
d'une femme, c'est de lui donner de l'argent. »*

— *« Constatant que sur cent journalistes qui se
suicident, il y en a quatre-vingt-dix qui le font
par amour, Parisis prétend que « c'est honorable
« pour la corporation ». Mais non, mon cher Parisis,
c'est au contraire honteux ; vous prouvez par là*

que les journalistes sont des êtres inférieurs qui ne savent pas manier les femmes. »

— « Tout est affaire d'entraînement ou d'éducation ; il est à prévoir que dans cent ans on ne parlera du mariage que comme d'une chose profondément immorale. »

Et ceci encore à propos d'une demoiselle qui venait d'être reçue docteur en médecine :

— « Quelques-uns s'alarment de voir les femmes entrer en concurrence avec le sexe mâle. C'est un tort. Le travail n'a pas de sexe, et plus les femmes en font, moins il en reste pour les hommes. »

Anatole Baju, poussant l'invraisemblance à ses extrêmes limites, parlait de l'enlèvement, « pour ne pas dire l'assaut », des numéros du *Décadent*, tiré à « dix mille exemplaires », tellement le monde littéraire ne pouvait assister indifférent à la réapparition d'un périodique dont le mot d'ordre était : « Guerre au mercantilisme ! Place aux artistes ! Sus aux camelots ! »

Il est vrai qu'au numéro suivant il avouait que trois abonnements suffiraient à le couvrir de ses frais, « le désintéressement de ses collaborateurs étant assez notoire pour les mettre à l'abri du soupçon injurieux de toute rétribution ». Il déclarait voulues les défaillances de son impression et l'insuffisance de son papier, sous prétexte d'archaïsme, et comme il y avait presque autant de coquilles que de mots et que les *errata* eussent tenu trop de place, il proclamait non sans fierté :

« Le Décadent *ne fait jamais d'erratum pour une coquille, même quand le sens d'une phrase en serait dénaturé. Il se fie à l'intelligence de ses lecteurs pour reconstituer la pensée de l'auteur.* »

Si *le Décadent* ne s'était composé que de ces seules joyeusetés de lycéens émancipés, il eût été inutile de l'exhumer de ses cendres. Mais la note fumiste était l'appât destiné à capter l'attention pour des fins plus sérieuses. Ces coups de grosse caisse, les plus subtils esthètes s'y résignaient, à commencer par Maurice Barrès qui faisait, le lendemain de l'exécution capitale de je ne sais plus quel criminel (Morin, je crois?), promener sur les boulevards des placards, avec ces mots : « Morin ne lira plus *les Taches d'encre*. » Tout le monde n'a pas le moyen d'offrir, en prime, une maison de campagne et de convertir les exemplaires de son journal en billets de loterie, comme le font certains grands quotidiens, pour se former une clientèle. Et puis cette attitude de pourfendeurs — étant donné qu'elle ne s'adressait qu'à des gens puissants capables de riposter — avec toutes ses injustices, n'était-elle pas plus crâne, plus défendable, à coup sûr, que celle de nos arrivistes, piliers d'antichambres, plats valets de toute renommée influente?

Pour répondre à la curiosité du public et rendre notre doctrine plus saisissable, nous avions tenté d'incarner en Arthur Rimbaud le type idéal du Décadent. On le disait disparu à jamais de notre horizon, retourné à l'état nature, roi d'une peuplade sauvage. Sa vie peu connue restait enveloppée de légendes.

Les lettrés étaient à la recherche de ses œuvres perdues. C'est alors que l'idée nous vint de publier, sous sa signature, des sonnets du style décadent le plus pur, idoines, dirait Tailhade, « à exaspérer le Mufle ». Pour que la supercherie se couvrît d'une apparence d'authenticité, nous n'hésitions pas à les faire paraître mutilés. Et nous annoncions ainsi une édition prochaine des œuvres du maître, miraculeusement retrouvées :

« D'aucuns messages épistolaires du Ponant et de l'Orient advenus en les Bureaux de la Décadente Écriture, interrogent — dubitatifs — la foi de notre du Plessys touchant l'authentique des Poèmes — combien trop rares! — par nos soins pieux colligés — du paradisiaque Rimbaud.

« A ces correspondants timorés et pour que de

leurs Intellects, où jamais le Rêve n'outrecuide, soient, itérativement, les syndérèses amorties, nous indiquons volontiers les Sources — que bénédictes soient leurs Eaux — d'où proflua jus-qu'à nos réservoirs, ce Fleuve de Lyrisme et de Véracité.

« *Trois pièces, dont le vélin défailli mais irré-futable, permane exposé aux regards* (1), *nous vien-nent du Professeur Marcus van Hiffergue, de l'Uni-versité de Groningen qu'illumina Rimbaud pen-dant son hégire à travers les Pays-Bas. Ce sont :* les Cornues, Doctrine *et* l'Oméga blasphéma-toire *ici-contre divulgué.*

« *Le surplus nous fut mandé par Don Esteban, Inigo-Luis-Josaventura-Forcamideros, baron de l'Assuncion, richomme guipuzcoan, émigré depuis quelques lustres aux bords du Rio Salado et qui nous partagea les mandements suprêmes de l'admirabonde Voyageur.*

« *Par nos soins, premier que déclinent les sep-tembrales journées, s'affirmera, colligée en un rare volume, cette glane d'après-midi, si pleine de Vomissures et d'Azur !* .

« *Nous postposerons, à la suite, des variantes con-tradictoires propres, comme il nous semble, pour*

---

(1) On lisait en note : « Aux bureaux du *Décadent* ».

*atténuer les lacunes et masquer les effondrements,
heureux si nous érigeâmes ce « Grande signum et
insigne » qu'atteste, dans une prose épiphanique,
le Missel de Cluny, si nous pûmes restituer aux
Lettres humaines ces Reliquaires jusqu'alors épars :
les Rythmes effeuillés du Divin Jeune Homme,
pareils aux clous d'or que sème, en la frappant du
pied, l'Hippogriphe conculcateur de l'Omnipotente
Béotie. »*

Voici quelques échantillons de cette littérature :

OMEGA BLASPHÉMATOIRE.

A bord de l'Alcimadure.

Cypris ne chante plus sur les ondes...
A l'arbre de la Croix pendent les dieux latins,
Car l'Oingt est advenu... les roses
Pourpre hostiale dans la rousseur des matins.

Profusant l'Hystérie exsangue, les Nécroses
Et, sous un voile impur, tels rites clandestins,
Abimelech avec Melchissedech ! Les proses
Vont clangorer, ce soir, par les naos éteints.

Jésus, pourquoi flétrir les Myrthes de la Grèce ?
Aubes ! jours exaltés de joie et d'allégresse
Où la Taure enfantait au contact d'Osiris !

Ah ! si tu veux la nuit douce, rends les Étoiles !
Moi je vais sur la mer en des canots sans voiles
Goûter l'iode brun interdit aux iris.

LE LIMAÇON

L'Insénescence de l'humide argent accule
La glauque vision des possibilités
Où s'insurgent, par telles prases abrités,
Les frissons verts de la benoîte Renoncule.

Morsure extasiant l'injurieux calcul,
Voici l'or impollu des corolles athées.
Choir sans trêve ! Néant des sphynges Galatées !
Et vers les Nirvanas, ô Lyre, ton recul !

La mort... vainqueur... et redoutable :
Aux toxiques banquets où Claudius s'attable
Un bolet nage en la saumure des bassins.

Mais tandis que l'abject Amphictyon expire,
Eclot, nouvel orgueil de votre pourpre, ô Saints !
Le lys ophélial orchestré pour Shakespeare.

SONNET

Il splendit sous le bleu d'athlétiques natures
Dont le roc a fourni les éléments altiers :
Les fentes et l'airain de leurs musculatures
Excèdent les parois des divins compotiers.

Leurs biceps ont des futs robustes de mâtures ;
Leur timbre tient son or des célestes Luthiers,
Et, nourris du fort miel des doctes confitures,
La Santé, sous leur peau, couve ses églantiers.

Car de glaces, ô Femme impure ! à tes Malices
Leur cœur d'aube fleurit comme un doux cyclamen,
Et sacrant leurs seize ans aux candeurs de calices,

Le hautain contempteur des sordides hymens,
Anteros aux yeux d'or cuivre de ses délices
Le concombre inclément de leur vierge abdomen.

Ce n'étaient même pas ici des pastiches de
Rimbaud. Rien ne ressemblait moins à sa manière, sauf peut-être les deux quatrains du dernier sonnet, mais les falsificateurs avaient beau
jeu, puisque, un petit lot de lettrés mis à part,
Rimbaud n'était encore connu que de nom.
C'était donc un cadre commode pour intercaler
nos billevisées.

Bientôt l'implacable Réalité se plut à démolir
le palais de songe où nous voulions asseoir notre
idole. Des bribes d'interviews, des correspon-
dances de famille dévoilées, des poèmes retrouvés,
venaient restreindre le champ de la fantaisie.
Notre Rimbaud, que nous imaginions une sorte
de Salomon. pasteur de peuples, entouré d'une
pompe nègre, s'avérait simple voyageur de commerce. M. Paterne Berrichon, projetant des
rais de lumière crue sur cette vie aventureuse,
la dépouillait de son mystère. L'illusion n'était
plus possible. Ah ! qui dira le tort des démolis-
seurs de légendes! Nous hésitions, l'âme en peine,
ne sachant quelle figure investir du rayonnement
de l'Absolu, lorsque l'un de nous découvrit à
propos le néphélibate Mitrophane Crapoussin

« dont le chant de cygne perspicace, affamé du non-être, sur l'étang des Luxures, lamentait le lotus aboli ». Et, un beau jour, les pages du *Décadent* se magnifièrent de cet « Avis » insolite où la venue du Poète-phénomène était, à grand renfort d'orchestre, notifiée :

« Que le Cistre redonde et que jubilent nos cithares ! Déchaînés aussi, mais liturgiques, sur les dômes et par les vals, que le tympanon et la saquebute ; que les cymbales clair-sonnantes et les harpes funéraires ; que le psaltérion décacorde ; que la viole d'amour et les orgues de douleur ; que les flûtes onaniaques des ithyphalliques adônies ; que les trompettes écarlates, les buccins de pourpre et de sinople, les tubas ; que les clairons vermeils ; que les hautbois agrigentins ; que le tambour des Mimallonnes où s'effare l'Evohé ; que le cri des Thyades et le rugissement des panthères ; que la fureur des Béhémoth et le souffle du Léviathan ; que l'onagre et l'étalon gorgé de chair humaine ; que la licorne et l'unicorne ; que l'hircocerf et le caprimulge ; que le guivre et l'alérion ; que l'âne priapique aux dons joyeux, vocifèrent la louange de ce poète bien venu... »

Ce faire-part de naissance continuait longtemps sur ce ton et le Timbalier ne manquait pas d'ajouter :

« *Par un jeu coutumier à la professionnelle modestie, l'Auteur, exposa naguère, sous des noms aimés, ses poèmes, aveuglants joyaux, curieux de savoir, peut-être, ce que la vitre du pseudonyme interposée entre son œuvre et lui absorbait de rayons.*

« *Sigillées d'Arthur Rimbaud, d'Ernest Raynaud, de Maurice du Plessys, de Laurent Tailhade, maintes strophes ont fulguré que ces bons écrivains restituent pieusement au Maître admirabonde qui leur fit cette gloire de vêtir quelque temps leur personnalité.*

« Les Cornues, Oméga blasphématoire, *etc.*, *où se délectèrent nos féaux, appartiennent dans l'éternité au bienheureux*

MITROPHANE CRAPOUSSIN

dont la collaboration, à visage ouvert, nous est acquise désormais.

« *Et tandis que Lutèce imbriaque se vautre dans son 'excrément, heureuse du César de louage* (1) *qu'elle s'est donné, nous, les linostoles verts des futures néoménies, conglorifiant, sur tels modes exténués, le stérile hymen des impubères chers, nous déploierons les banderoles, fervents du seul*

(1) Ceci date de l'époque boulangiste.

*Amour et des lauriers que, pour nos tempes, fait
croître en ses jardins Lesbos immarcessible.* »

Cela était modestement signé R. V.

Et l'on put lire désormais des sonnets du
nouveau promu qui déclarait :

Moi, j'ai des cornes d'antilope dans la bouche.

et qui célébrait en vers coruscants « les cieux
entrevus, Cerazonte ou Formose » ! Il chantait
les oiseaux :

Le Flamant et le Jabiru,
L'Ibis mangeur de serpent cru,
Mais sans colique,
Le Manucorde et le Hibou
Percogitant sous le bambou
Mélancolique.

Et le Casoar vénéré
Dont le plumage écrit en ré
Mineur flamboie
Et, non obstant leur collège ars,
Libidineux, virant, les Jars
Autour d'une oie.

Le Cormoran, le Pélican,
Le Pélican qu'Alfred vit quand
Jaillit son œuvre,
La Cigogne du doux Tou-fou,
Le Fou raillant la Grue au cou
Long de couleuvre,

« Ainsi »..., concluait le Messie révélé, après cette énumération prestigieuse :

> Ainsi, les empennés vermeils
> Habitent l'arche des sommeils
>   Exempts de lucres,
> Et la neige blanche, les ors,
> Impollus dorent de trésors
>   Tous ces volucres.
>
> Afin que le Poète soit
> Chappé d'amour, quand il s'asseoit
>   Sous les pilastres
> De la crypte jaune où l'encens
> Monte en flocons évanescents
>   Parmi les astres (1).

On voit qu'en dépit de la gouaille, ce Crapoussin disposait d'une verve et d'une science de rythme qui lui valait son titre de « vedette ».

Cette abondance dans la fantaisie, cette liberté d'allures, ce débordement de malice espiègle et de jeunesse, cette vivacité française, était mal vue des symbolistes pontifiants. J'ai dit qu'ils avaient réussi un moment à mettre la main sur *le Décadent*. Baju s'était vite ressaisi et avait célébré son affranchissement en tête du premier numéro de la seconde série du *Décadent*,

(1) M. Laurent Tailhad lé, depuis, l'auteur de ces trophes en les intercalan *aristophanesques*.

la seule qui compte, assure Verlaine, et c'est
pour cette rédaction dès lors « homogène »
que le maître écrivit *la Ballade des bons écrivains* :

> Quelques-uns dans tout ce Paris
> Nous vivons d'orgueil et de dèche.
> D'alcool bien que trop épris
> Nous buvons surtout de l'eau fraîche
> En cassant la croûte un peu sèche.
> A d'autres, la truffe et les vins
> Et la beauté jamais revêche.
> Nous sommes les bons écrivains.
>
> Phœbé, quand tous les chats sont gris,
> Profile de sa pointe rêche
> Nos corps par la Gloire nourris
> Qui s'effilent en os de seiche.
> Et Phœbus nous lance sa flèche.
> La nuit nous berce en songes vains
> Sur des lits de noyaux de pêche.
> Nous sommes les bons écrivains.
>
> Beaucoup de beaux esprits ont pris
> L'enseigne de l'homme qui bêche,
> Et Lemerre tient les paris.
> Plus d'un encore se dépêche
> D'essayer d'entrer par la brèche,
> Mais Vanier, à la fin des fins,
> Eut seul de la chance à la pêche.
> Nous sommes les bons écrivains.

Envoi

Rien que la bourse chez nous pèche.
Princes, régnons, doux et divins.
Quoi que l'on pense ou que l'on prêche,
Nous sommes les bons écrivains (1).

(1) Au même moment, M. Georges Izambard, qui fut, à Charleville, le professeur d'Arthur Rimbaud, nous décochait cette ballade sans venin, dans *la Jeune France*, revue libre où Maurice Barrès publia des fragments de *Sous l'œil des barbares*. Le directeur de cette revue, fondée en 1878, était alors (janvier 1888) Paul Demeny, et le secrétaire de la rédaction Victor-Emile Michelet.

BALLADE POUR LES DÉCADENTS.

Sceptre à la main, comme un ânier,
Vanier nous mène à la cravache.
Faute de mieux, très casanier,
Verlaine boit de la bourrache.
L'idéal dont il s'amourache
Nourrit seul ses longs ramadans.
Ce n'est pas là ce qui nous fâche,
Nous sommes les bons décadents.

Mais Verlaine est trop routinier :
A la rime riche il s'attache.
Conspuons-le, sans barguigner !
Rimericher est d'un potache :
C'est vieillot comme une patache.
Lui !... donner dans de tels godans !
Debout, Raynaud, brandis ta hache :
Nous sommes les bons déc lents.

Grands incompris, sachons cogner
Sur la « gloirette » et le panache.
Intelligibles, au panier !
Banville n'est qu'une ganache,
Zola... pouah !... V. Hugo... macache!
Seuls régnons divins et pédants.
Baju ! troussons-nous la moustache,
Nous sommes les bons décadents.

Envoi.

Du Plessys, esthète sans tache;
Prête-moi ta trompe d'Eustache,
J'ai cinq mots à glisser dedans :
Nous sommes les bons décadents.

LES POÈTES MAUDITS

Oui, il y avait de bons écrivains au *Déca-dent*. Tout n'y était pas farce et nugatelles. Les Symbolistes ne nous pardonnaient pas de nous moquer de leur jargon et affectaient de nous mé-priser, parce que nous avions le sourire. Ils nous traitaient de plaisantins. Certes, leurs revues avaient leurs vedettes et leurs ténors. Il s'y pu-bliait de beaux vers, mais *le Décadent* pouvait supporter la comparaison. A preuve, ce sonnet que j'y cueille, au hasard :

SONNET.

A Auguste Fourès.

Les nostalgiques citronniers, aux feuilles blêmes,
S'étiolent et leurs parfums, avec ennui,
Meurent dans le Jardin peuplé de Chrysanthèmes :
Pour la dernière fois, le soleil tiède a lui.

Soir des morts ! Glas chargés de pleurs et d'anathèmes !
Le Souvenir s'éveille et reprend, aujourd'hui,
En sourdine, les vieux, les adorables Thèmes
Des renouveaux lointains et du bonheur enfui.

Le Souvenir marmonne à voix basse. Une cloche
Funéraire, dans le ciel gris où s'effiloche
Maint lambeau d'occident fascé de pourpre et d'or.

Et c'est le crépuscule automnal des années
Que, d'un encens trop vain, fait resplendir encor
La mémoration des corolles fanées.

LAURENT TAILHADE.

J'en pourrais citer d'autres, et aussi des proses
du même écrivain et de divers, mais la plupart de
ces choses ont été reprises en volumes par leurs
auteurs, et les curieux pourront retrouver ce qui
reste à la source. Je me bornerai à reproduire,
pour leur rareté, deux sonnets de Jules Renard.

TRISTESSE,

Ce soir il court dans l'air des tristesses plus douces.
Le cœur, comme endormi dans un bain, s'affadit,
On ne se souvient plus de tout ce qu'Elle a dit,
Et l'oubli sur l'amour met lentement ses mousses.

Tout va-t-il donc finir ce soir autour de nous?
Sur les parfums chauffés brûlant comme des flammes,
Sur les fleurs qu'on est las d'arroser, sur les femmes
Qu'est-ce qu'on pourrait bien écrire de très doux?

L'esprit humilié voit partout des idoles,
On voudrait faire un choix de suaves paroles,
Mais en vain, pour qu'à l'aise ils s'y posent en tas,

La rêverie aux mots s'offre comme une branche.
On pleure bien un peu. Mais le vers ne vient pas
Et la première page humide reste blanche.

MORVANDELLE.

Je rêve d'être, sous ton corps,
Une barque fragile et neuve.
Tu ne vivras qu'entre mes bords
Plus solitaire qu'une veuve.

Tu tiendras tout entière en moi ;
Car ma poitrine t'a saisie
Comme une prison ; j'ai pour loi
De couler à ta fantaisie.

Ma rame bat avec langueur
Sur la mesure de ton cœur ;
Puis, las d'amour, j'aurai la joie,

Avec un simple tour de reins,
De faire voir aux riverains
Comme une maîtresse se noie !

Me sera-t-il permis d'y joindre quelques pages signées de moi, non plus à titre de chef-d'œuvre, car l'imperfection en est trop évidente, mais pour marquer les questions dont se préoccupaient alors quelques jeunes esprits. Qu'on excuse le style faisandé de l'époque.

C'en sera la leçon utile d'incliner les lecteurs à s'en défendre désormais.

Voici comment j'y rendais compte de l'édition définitive des *Poètes maudits* :

« La mince plaquette de jadis, dont s'enthousiasma l'Élite que nous sommes, vient de réapparaître par les soins de Vanier, amplifiée de trois notices nouvelles. En outre, Luque, l'Iconologue des *Hommes d'aujourd'hui*, y a scellé l'Écriture du Maître de syracusaines figures (1).

On n'ignore pas les noms juxtaposés à ceux primitivement cités et qui tels se modulent éveillant des reflets d'or et de flammes : Desbordes-Valmore, Villiers de l'Isle-Adam, Pauvre Lélian.

Mais, en dépit de la rigoureuse unité que le volume emprunte de son titre, il reste acquis que chaque trinité, conçue individuelle, existe en soi et détient sa propre signification.

Corbière, Rimbaud, Mallarmé ; ces trois noms ne synthétisent-ils pas trois points culminants de la Poésie contemporaine? chacun d'eux ne résume-t-il pas une direction choisie, une différenciation de la Force intellectuelle?

Je m'explique :

(1) Cette qualification de « syracusaines » est peut-être abusive. Léon Bloy, pensait autrement à qui l'image de Corbière n'évoquait que l'idée d'un « calicot », celle de Mallarmé « d'un professeur de billard » et celle de Rimbaud « d'un vélocipédiste assassin ». La vérité doit être entre ces deux excès, mais l'époque était aux outrances.

Longtemps cette incertitude pesa sur les consciences d'artistes : La poésie doit-elle être d'Idées ou d'Images?

Déjà Horace avait dit : « *Ut pictura poesis* », et Rimbaud semblait convaincu que l'Image seule est poétique. La Poésie vient de l'émotion. Or cette Émotion, l'Idée, procédant par étapes successives, par graduations logiques et nécessaires, est impuissante à la donner d'emblée. L'Idée éclaire, elle n'éblouit pas. Pour qu'il y ait enthousiasme, il faut qu'il y ait rapt, viol, surprise. Mes volets ouverts un matin font succéder à la nuit de la chambre un paysage éblouissant. La ligne des collines se chantourne dans une gloire. Le peuple des arbres borde le fleuve et, dans le feuillage humide de rosée, le chant des oiseaux s'éveille. Je me sens pénétré par l'harmonie des sons et des couleurs. Aucune Idée ne se révèle. La sensation physique, seule, demeure intense, esthétique. Et, dès que je voudrai analyser cette émotion, le charme s'évanouira. On ne peut avoir à la fois la fleur et le fruit. Or c'est, ici, la fleur qui importe.

Et j'imagine Corbière objectant : « Permettez ! la saveur du fruit c'est quelque chose. Avec votre système vous en arriverez bientôt à juxtaposer des vocables, sans rien qui les enrégimente

ou les lie, dans le seul but de provoquer une émotion, de sorte qu'une ligne construite ainsi :

Sicile ! Cour d'honneur ! Tulipes ! Propylées !

sera davantage évocatoire et qu'un album de
vues photographiées ou d'aquarelles fera pâlir
les plus beaux vers. Cette conséquence rigoureuse
de votre système le condamne. D'ailleurs vous
n'arriverez jamais à rendre exactement l'aspect
des choses, étant données l'imperfection du verbe,
l'impuissance de la langue. Vous créerez des signes
de convention, je le veux bien, mais alors à quoi
bon? Vous vous adresserez à la sensation directement ; moi je m'y adresse indirectement, mais
plus sûrement par l'Idée. Les Idées naissent en
nous de la sensation ; or, par l'exposé d'une Idée,
j'ai la conviction d'éveiller la sensation corres-
pondante. Je m'exclamerai, parlant de la femme :

Si tu n'étais fausse, eh ! serais-tu vraie?

« N'y a-t-il pas dans cette idée une émotion
d'une acuité douloureuse pour certains? Comme
une pierre jetée dans l'eau, elle troublera l'in-
time de l'Être, éveillant des cycles de sensations
antérieures. »
Et Rimbaud, nullement ébranlé, selon moi,
de répartir : « Vous énoncerez des idées touchan-

tes, mais force vous sera de faire appel à mes passions, à mes sottises, à mes erreurs d'homme. Il faudra façonner votre esprit à tous les préjugés et faire plier votre art à toutes nos lâchetés. Il faudra rire, pleurer avec les foules. C'est enlever à l'Art le principal attribut de sa divinité : l'Impassibilité.

« Et ne voyez-vous pas qu'en donnant ainsi accès aux choses périssables, vous introduisez la mort dans votre œuvre?

« Un paysage est beau, sans utilité, en dehors de toute idée morale. Un sonnet sera ce paysage sous vos yeux. »

Certes, Corbière et Rimbaud ont leur part de vérité, et le Sage, réfléchissant, en vient à penser que l'art suprême serait de concilier les deux théories, d'apparence ennemies.

Il est incontestable que l'Image a plus d'activité poétique que l'Idée, mais elle manque de sanction. Que faire donc? Simplement ceci : Lui donner une Finalité.

« Un paysage est beau par lui-même », pense Rimbaud. Un sonnet sera ce paysage sous vos yeux. Mais il le sera en virtualité, en puissance, non en fait ; il le sera non pour refléter passivement, à la façon d'une onde, ses éléments confus, mais parce qu'il en aura dégagé l'Ame, la Loi.

Or ce travail suppose l'Idée. C'est elle qui guider
le Poète dans le choix de ses éléments, en vue d
telle émotion à produire. Par ainsi, le Poèt
en même temps qu'il n'est plus sans point d
repère, n'accole plus des vocables au hasar
Il devient « l'humble qu'une logique éternell
asservit ». S'il ouvre cette fenêtre d'hôpital pa
où les yeux s'évadent des murs tristes, des linge
fades, écœurants, c'est pour traduire le Rêve pa
quoi l'Homme s'évade de la platitude ambiant
des horreurs de la vie. S'il évoque un paysag
mélancolique d'automne, et, dans le bassin, o
le ciel se reflète, un jet d'eau soupirant vers l'azu
c'est pour traduire un état particulier de tris
tesse, un état de l'Être en instance de l'Au-delà
un appel de l'Ame (1).

Eh bien, cet Art qui serait le suprême, un poèt
l'a institué : Stéphane Mallarmé.

J'entends d'ici les gens reprendre : « Mai
c'est le symbole, il y a longtemps que ça existe.
Certes, oui, le symbole existait, mais il existai
à l'état inconscient. Rien ne s'invente, tout s
découvre. Mallarmé l'a découvert et en a tir
une application nouvelle. Il en a fait une lo
d'esthétique.

(1) « Un paysage est un état d'âme », dit Amiel.

Tel est l'enseignement qui se dégage de la pre-
ière série de cette plaquette des *Poètes maudits*,
nt la gloire fut de susciter, en France, avec la
nnerie des beaux vers, le réveil du sentiment
étique endormi sous de pernicieuses influences.
Ce qui surtout tranche l'œuvre en deux par-
s, c'est que vous aurez beau corner aux quatre
ins du monde les noms de Corbière, de Rimbaud
de Mallarmé, ces trois génies n'en resteront pas
oins glorieusement obscurs et triomphalement
éconnus. Ce sont, dans tout l'absolu du
ot, des réfractaires. Leurs vers n'auront ja-
ais que les admirations qu'ils méritent.
Les trois autres sont moins escarpés. Ils ont
côté par où plaire au gros des lecteurs d'élite.
sbordes-Valmore eut son heure de célébrité. Mille
tices éparses dans les recueils biographiques,
ns les gazettes de l'époque la mentionnent en
rmes laudatifs. Aujourd'hui encore ses fables
ent les syllabaires enfantins. Villiers de l'Isle-
lam a, pour le sauver de l'oubli, son nom pres-
ieux, ses légendes ancestrales. Des chroniques
érées çà et là, dans les feuilles publiques, des
ces représentées dans différents théâtres, ont
levé autour de son nom une certaine agitation.

n'est pas permis, fut-ce au dernier boulevar-
r, de l'ignorer.

Quant à Pauvre Lélian (Paul Verlaine, p(
mieux dire), l'École dont il est le chef l'a mis
pleine lumière et a donné à sa gloire une imp
sion telle qu'il est impossible que ce mouvem(
ne se continue pas, en sa faveur, dans l'Avei

Nonobstant cette renommée, il n'en est (
moins constant que ces trois poètes restent, d;
leur essence, éminemment *absolus* et dignes (
cela même de figurer dans la plaquette qui n(
occupe.

Paul Verlaine si ondoyant, si divers, est, s;
conteste, le premier de tous. Il éblouit sous
mille faces et. l'étude de cette seconde par
de l'opuscule, nous la dirigerons à fixer quelq
traits de sa nature.

« Les maîtres vont de plus en plus au sim
et au vrai. » Cet aphorisme, que suggérait à J(
Tellier l'étude des poètes contemporains, se tro(
vérifié par l'application qu'on en peut fair(
Paul Verlaine.

Ce poète débuta, rare et sensitif, avec un g(
de l'exquis, du ténu, du fin et du très fin qui
fit que s'accentuer jusque, pour s'y épano(
aux *Romances sans paroles*. *Sagesse* mar(
une évolution. Le retour à plus de simpli(
(après une recrudescence du goût primordial d;
certaines pièces de *Jadis et Naguères*) s'accuse (

tement dans *Amour*, où se révèle une langue davantage émondée. Ici, l'émotion perçue se note, incontinent, sans plus la coquetterie des atours, le clinquant d'incidentes curieuses, la perversité d'identiques désinences.

Et où pourrait mieux se manifester ce retour au vrai ou au simple du poète que dans cette passion qui tout à coup le prend pour Desbordes-Valmore? C'est le simple, c'est le vrai qui, dans cette âme candide, l'attire et le retient, et n'est-il pas évident, qu'au milieu des dandies amers, secs, brûlés, que sont les autres, la spontanéité, disons l'ingénuité de style et de pensée de Desbordes-Valmore frappe comme un rappel d'enfance et séduit comme une vertu? Ces vers si dépourvus de tout artifice, si humbles qu'ils échappent parfois à l'admiration, coulent de source Il s'en émane une fraîcheur délicieuse.

Verlaine se sentait, en outre, attiré vers cette femme qui approche de l'idéal rêvé par lui. Cette femme qui, malgré la flamme qu'elle portait au côté, ne se mit ni en dehors, ni au-dessus de la vie, qui accepta simplement sa destinée et fit simplement ses devoirs de jeune fille, d'épouse, de mère et de grand'mère, cette femme réalisait bien la vie que concevait Paul Verlaine. « Toujours le pardon, toujours le sacrifice. »

Tel il s'était conçu, lui, surtout « né pour plaire à toute âme un peu fière », « tout prière et tout sourire, sorte d'homme en rêve et capable du mieux », comme il dit de lui-même quelque part Mais ce rôle doux et miséricordieux qu'il aurait voulu que le sort lui assignât, il l'a vu confié à de moins dignes, et ce n'est pas là une des moindres amertumes de sa vie.

Et cette autre admiration professée à juste titre pour le comte Villiers de l'Isle-Adam, qu'y voir, sinon la preuve d'une parenté intellectuelle, d'une même haine absolue pour ce siècle révolutionnaire et athée? Oui, tous deux ont — dérivant d'un même esprit de catholicisme —l'Ironie féroce pour les tentatives d'affranchissements de ce temps-ci, l'éclat de rire homérique devant les agitations minuscules de la science et ses prétendues découvertes qui ne sont, au fond, que de laborieuses et pénibles reconstitutions. Et vous le connaissez, cet éclat de rire qui tressaute fiévreusement à chaque page de l'*Ève future*, cette grandiloquente Épopée, nouvelle adaptation de la légende du Faust où la Science a conquis le rôle du Diable.

Maintenant, de tout l'œuvre considéré à vol d'oiseau, se dégage un dernier enseignement à l'adresse des critiques de nos jours. Ils ont là un exemple de ce que doit être la critique : lo discernement du Beau.

Verlaine admire des vers, et ces vers il nous les offre, en toute sincérité, dans la toute intensité aussi de son emballement. Il ne se soucie guère d'une tache ici et là. Mais comment nos critiques à tant la ligne pourraient-ils suivre cet exemple, eux, qui manquent de goût pour discerner le beau et qui adorent la réclame au point de s'intéresser plutôt aux œuvres bruyantes qu'aux œuvres vraiment belles?

Cela se conçoit. Rimbaud, Corbière, Mallarmé ne sont pas gens que prise le vulgaire. Quel profit nos critiques boulevardiers retireraient-ils d'en parler? Ils préfèrent s'attaquer aux renommées tempétueuses. Ils montent derrière les célébrités comme des valets derrière les carosses, pour se faire voir de la foule. Hugo, Dumas fils, Sardou. Georges Ohnet, autant de noms pour amorcer les lecteurs. De sorte que c'est le goût du nombre qui l'emporte, et on sait ce qu'il vaut.

C'est pourquoi ce livre de Verlaine arrive à son heure pour cingler comme d'un coup de fouet la critique incompétente et vénale. Elle s'en souciera comme d'une guigne, cela est dans l'ordre des choses, mais de tels exemples ne sont jamais complètement perdus, car il y a, en bas, toute une poussée d'esprits neufs et réfléchis — les générations de demain — qui comparent et qui jugent. »

J'aurais, aujourd'hui, bien des choses à reprendre à cet article. L'erreur la plus grave, n'est-ce pas d'avoir prêté au vibrant Rimbaud une théorie de l'impassibilité? Il est vrai qu'il avait la méditation prolongée du vers et le souci de la plastique. C'est aussi, à sa façon, un suggestif et il reste un grand assembleur d'images (1). Il n'en est pas moins vrai qu'il eût fallu un autre nom, celui de Hérédia, par exemple, mais c'eût été sortir du cadre des *Poètes maudits*.

(1) Le mot « illuminations » est anglais et veut dire gravures coloriées, *coloured plates* : c'est même le sous-titre que M. Rimbaud avait donné à son manuscrit (Paul Verlaine).

LA DOCTRINE SYMBOLISTE

Les *Décadents* dissemblaient des *Symbolistes*
en ce sens qu'ils admettaient l'émotion directe,
la traduction exacte des phénomènes de la vie
au lieu d'en exiger la transposition, qu'ils n'allongeaient pas outre mesure l'alexandrin et qu'ils
usaient des poèmes à forme fixe. Ils mettaient
aussi moins de gravité étudiée dans leurs mani-
festes et ne s'embarrassaient pas de leur donner
un tour scientifique, une saveur d'axiome, le
piquant d'une formule algébrique. En voulez
vous un exemple? J'avais prié l'un d'eux, mon
ami Edouard Dubus, de rédiger les principes de
son esthétique, à l'usage des lecteurs du *Décadent.* Et Dubus, qui était le garçon le plus naturel
du monde, se crut obligé de prendre le ton.
Voici le fatras pédantesque qu'il me remit :

*« Le Beau seul est l'objet du poème. La Vérité,
le Bien, la Passion peuvent s'y rencontrer, mais
seulement à titre d'accessoires. Le résultat pour-
suivi par le poème sera uniquement une émotion
esthétique.*

Le Beau étant la Variété dans l'Unité, plus un

poème offrira de motifs à l'émotion esthétique dans une rigoureuse unité de but, plus il se rapprochera de l'idéal poursulvi.

« L'émotion esthétique a pour cause (étant admise la réalité du monde extérieur, mais comme une réalité de fiction) des différenciations de mouvement de la matière, perçues au moyen des sens. La couleur, le son, le parfum se réduisent en dernière analyse à des vibrations de la matière. Le changement de direction dans le mouvement constitue la forme...

« Le poète délaissant la copie du monde extérieur créera ses formes esthétiques par le dégagement de l'essentiel dans les éléments que fournit la nature.

« Les formes esthétiques seront évoquées par des sons (les mots) choisis, associés et rythmés (vers, strophes), en vue d'une émotion esthétique à produire.

« Elles seront reliées entre elles par l'unité d'un sujet de composition.

« Le sujet de composition, toujours moral, transparaîtra nécessairement sous les diverses formes esthétiques évoquées.

« Elles exprimeront le sujet par correspondance. Étant admise la théorie spinosiste de l'unité de substance, les modes de la substance évoluent *parallèlement. Tout phénomène psychique ou physiologique a sa correspondance dans un aspect réalisé ou possible du ciel. Les Formes esthétiques du poème sont des symboles. Le symbole étant défini : une figure, une image, qui exprime une chose purement morale.*

« Le poème destiné à produire une émotion esthétique sera symbolique.

« Le poème symbolique est celui qui, évoquant par le vers des formes esthétiques logiquement reliées entre elles dans l'unité d'un sujet de composition, a pour objet la réalisation du Beau. »

C'était pour protester contre tant de solennelle gravité que *le Décadent* insérait des échos dans ce goût :

« Notre ami Piombino s'étant laissé barboter son manuscrit en tramway, n'a pu nous donner, en temps utile, sa chronique hebdomadaire. »

Néanmoins, l'action des *Symbolistes* et des *Décadents* contre la littérature en vogue était parallèle. Ils avaient les mêmes haines et les mêmes admirations. Ils étaient pris du même désir d'introduire dans leurs vers plus de mystère, plus de rêve, plus de musique, et de susbtituer au mode narratif et didactique une méthode synthétique aux raccourcis violents. Les uns et es autres sentaient le besoin de s'affranchir de formules surannées et de reformer la prosodie, mais les Décadents n'entendaient pas faire table rase du passé. Ils préconisaient des réformes indispensables, conduites avec méthode et prudence. Les Symbolistes, au contraire, ne voulaient rien garder de nos vieux usages et ambitionnaient de créer de toutes pièces un nouveau mode d'expression. On a dit que cette divergence de vues provenait de ce que les Symbolistes étaient en majorité d'origine étrangère. Ils n'étaient point retenus aussi solidement au respect de la tradition. Et ce qui donnerait une valeur à cet argument, c'est qu'ils avaient commencé par substituer aux mythes helléniques qui forment le plus clair de notre patrimoine lyrique, les mythes scandinaves. Ils se sentaient plus d'affinités pour les légendes de l'*Edda* et des *Niebelungen*.

Cette question de l'origine, qui est négligeable quand il s'agit de peser la valeur d'un écrivain devient importante quand il s'agit d'expliquer les faits et de justifier certaines hérésies. Il est de toute évidence qu'une oreille française, fortement enracinée, restera toujours sensible au délicat tremblé de l'*e* muet. Ce n'est que de sa langue maternelle que l'on perçoit jusqu'au bout les fines et mystérieuses résonances. Ce vœu de négliger les muettes dans le corps du vers répugne à notre tempérament analytique, et c'est Ronsard qui a raison quand il écrit :

> Mari-e, vous avez la joue aussi vermeille
> Qu'une rose de mai...

Encore ne faut-il pas considérer comme étrangers les écrivains de race gréco-latine (Pélasges).

LA RÉFORME PROSODIQUE

La réforme prosodique s'imposait. L'abus de la rime riche tendait à faire de la poésie un jeu de versification, un exercice de bouts rimés. Sachant qu'un excès ne se corrige que par un autre, la nature humaine ayant besoin d'être forcée en sens contraire pour revenir au juste milieu, nous souhaitions des vers sans rimes, reconnaissables seulement à la sonorité et à l'éclat, obéissant aux seules lois de la fantaisie, scandés d'un frémissement intérieur, distincts de la prose, par leur intensité musicale. Verlaine, que nous incitions à cette réforme, s'y refusa.

« Notre langue, peu accentuée, prétendait-il (1) ne saurait admettre le vers blanc, et ni Voltaire, vice-roi de Prusse en son temps, ni Louis Bonaparte, roi de Hollande au sien, ne me sont des autorités suffisantes pour hésiter, ne fût-ce qu'un instant, à ne me point départir de ce prin- « cipe absolu. Rimez faiblement, assonez si vous

<hr>

(1) PAUL VERLAINE, Un mot sur la rime (*le Décadent*, 1er mars 1888).

voulez, mais rimez, ou assonez, pas de vers français sans cela.

« Quand je dis : « rimez faiblement », je m'entends, et je ne veux pas que ma concession signifie : rimez mal.

« Musset, hélas ! rime mal. La Fontaine lui a donné le fatal exemple, et leur génie ne les absout pas plus que son esprit en prose n'absout le d'ailleurs « affreux Voltaire ». (Jamais feu Ponsard, son digne partisan, entre autres, n'aura si bien dit sans le savoir.) Voilà, sauf erreur, les deux seules exceptions troublantes. La plupart des bons poètes riment bien, plusieurs riment faiblement. C'est, je crois, Racine qui a commencé à rimer faiblement, en ce sens qu'il se sert souvent d'adjectifs au bout de deux vers, *redoutables* et *épouvantables*, qu'il y emploie des mots presque congénères : *père*, *mère*, chose que Malherbe eût évitée, qu'il n'a presque jamais la consonne d'appui. Mais, chez lui, le vers est si nombreux, si long et si mélodieux, que les finales mêmes sont comme une grâce sobre et chaste de plus. Et je ne serais pas éloigné de lui savoir un certain gré d'avoir en quelque sorte innové de cette discrète et légère façon. Il est vrai que je l'aime tant que j'aurais peur à la fin d'aimer en lui jusqu'à un défaut.

« Mais non, ces rimes-là ne sont pas défec-
tueuses, croyons-le bien, surtout dans l'alexandrin plat. L'adorable Chénier, notre Lamartine, ce Barbier, infiniment trop oublié, le grand
Vigny et jusqu'à un certain point Baudelaire
ont rimé faiblement. Pierre Dupont, qu'il est
temps de revendiquer, tant même l'élite est
ingrate ! dans ses chansons si musicales, en
dehors, bien entendu, des airs charmants qu'il
y adaptait, rime faiblement :

> O mon amante,
> O mon désir,
> Sachons cueillir
> L'heure charmante.

« Combien d'entre nous n'eussent pas mis
choisir pour la rime, c'est le cas de le dire?
Et alors, n'est-ce pas que j'ai eu quelque lieu de
m'écrier en considérant de tels abus encore possibles :

> Oh ! qui dira les torts de la rime ?

« Ce que, par exemple, je proscris de tous mes
vœux, c'est la rime mauvaise. Par rime mauvaise, je veux dire, pour illustrer immédiate-
ment mes raisons, des horreurs comme celles-ci,
qui ne sont pas plus « pour l'oreille » (malgré

le Voltaire déjà qualifié) que « pour l'œil » :
falot et *tableau*, *vert* et *piver*, tant d'autres, dont
la seule pensée me fait rougir et que pourtant
vous retrouverez dans maints des plus estimables
modernes. Les grands Parnassiens, Coppée, Dierx,
Hérédia, Mallarmé, Méndès, n'ont garde d'offrir
de pareils scandales. Vous ne trouverez pas non
plus chez eux ces rimes en *anq* en *ant*, en *anc* et
en *and*, que ne sauve pas la consonne d'appui,
même dans ces magnifiques vers de Victor Hugo :

Un flot rouge, un sanglot de pourpre, éclaboussant
Les convives, le trône et la table, de sang.

ni la rime artésienne ou picarde, *pomme* et
Bapaume, ni la méridionale, *Grasse* (la ville) et
grâce, ni même la normande, *aimer* et *mer*, bien
que consacrée par Corneille et aussi par Racine.
Il n'y a plus guère que M. Vacquerie, disciple en
ceci de ce dernier, et d'ailleurs normand comme
Corneille, qui ait osé de nos jours un provincia-
lisme comme :

J'aurais fini par supporter
Un chœur d'Esther ».

Et Paul Verlaine finissait pas laisser entendre
qu'à son avis, rimer mal ou assoner était une
marque d'impuissance.

Cette lettre, en dépit de l'admiration que nous professions pour le Maître, ne modifia en rien nos idées sur la rime, non plus que notre opinion sur « l'affreux Voltaire ». La difficulté n'est pas de rimer bien (un dictionnaire de rimes y suffit), mais de faire vivre le vers par le nombre, l'éclat, l'harmonie. Nous avions la ressource d'en appeler à Verlaine, et de lui opposer son *Art poétique*.

> Tu feras bien, en train d'énergie,
> De rendre un peu la Rime assagie ;
> Si l'on n'y veille, elle ira jusqu'où ?
>
> . . . .
>
> De la musique encore et toujours !
> Que ton vers soit la chose envolée
> Qu'on sent qui fuit d'une âme en allée
> Vers d'autres cieux à d'autres amours.
> Que ton vers soit la bonne aventure
> Eparse au vent crispé du matin
> Qui va fleurant la menthe et le thym...
> Et tout le reste est littérature (1).

D'ailleurs, parmi les poëtes que cite Verlaine, M. Catulle Mendès, lui-même, n'était pas loin de faire des concessions. On ne se scandalise plus de voir rimer un pluriel avec un singulier. Nous estimions plus logique de faire rimer *lys* et *calice* que *lys* et *embellis*. Mais il ne nous suffisait pas de vouloir imposer la « rime pour l'oreille ». Il

(1) PAUL VERLAINE, Œuvres (Messein, édit.).

fallait encore lutter pour la liberté de la césure
et de l'hiatus.

La force de la routine est telle que Victor Hugo,
qui se glorifiait de pouvoir dire :

J'ai disloqué ce grand niais d'alexandrin,

n'avait pas osé déplacer la césure. Théodore de
Banville avait bien écrit :

Elle filait — pensivement — la blanche laine,

mais, effrayé de sa propre audace, il n'eut plus de
sommeil jusqu'à ce qu'il eût trouvé ce correctif :

Elle filait d'un doigt — pensif la blanche laine,

qui rétablit la paix de sa conscience troublée
Les ternaires de M. Catulle Mendès :

Elle marchait — avec un lys — dans chaque main...
Des prisonniers — cloués au mur — à coups d'épieu...

comme ceux de François Coppée :

Le lévrier — qui dort en rond — sur le tapis,

obéissaient toujours au vieux précepte de Boileau
et laissaient subsister la césure au milieu du vers.
Je sais bien qu'elle ne subsistait plus que par un
artifice topographique. C'est ce que M. Mendès
appelait « l'observance hypocrite d'une règle
abolie », mais enfin elle subsistait. Paul Verlaine
eut le courage de son opinion. Sans s'embar

rasser d'une barrière inutile, il donna au vers ter-
naire le droit de cité :

Il a vaincu — la Femme belle — au cœur subtil...
Néoptolème — âme charmante — et chaste tête...
Et sur mon cœur —qu'il pénétrait — plein de pitié...
Ces braves gens — que le Journal — rend un peu sots...
Quoi que j'en aie — et que je rie — ou que je pleure...
Rien de meilleur — à respirer — que votre odeur...
Pour supporter — tant de douleur — démesurée...
Pour, disais-tu, — les encadrer — bien gentiment...

Cette coupe nouvelle de vers, d'où l'on allait
tirer des effets si imprévus, offrait toutes les ga-
ranties d'une réforme née viable, puisqu'elle
était l'épanouissement naturel d'une idée lentement mûrie et qu'elle avait subi le contrôle à la
fois du Génie et du Temps. C'est la plus heureuse
de toutes les tentatives faites pour renouveler
l'alexandrin (il y en a d'autres), et c'est la seule
contre laquelle on ne puisse guère objecter qu'une
misérable raison d'habitude.

Pour l'hiatus qui horripile force gens, il faut
bien convenir qu'il n'est que le plus absurde des

préjugés. On peut bien se donner l'illusion de l'éviter, mais il se venge des dédains en revenant sous une autre forme. M. Mendès ne cachait pas qu'il éprouvait contre l'hiatus une sainte horreur, mais ouvrez ses poésies et vous verrez que l'hiatus y fourmille comme il fourmille chez Malherbe, comme il fourmille chez Boileau. Entendons-nous. Il ne s'agit point de l'hiatus graphique facilement éludé sur le papier ; mais de l'hiatus phonétique, inévitable. Je cite au hasard de la mémoire :

Le *trou hagard* que fait un boulet de canon...

O Maître ! que ton *joug est* pesant, disent-ils...

Parle ! Quel vice encor nous manque ou *quelle honte ?*

Lente *extase, houleux* sommeil exempt de songe..

De pesants *bracelets hors* du satin des boîtes...

Je sais bien que j'ai *tort et* que c'est détestable...

Laisse-moi, dis-je, étant en *proie à* la pensée...

L'œil le plus prévenu contre l'hiatus est satisfait en lisant ces vers, mais l'oreille ?... Essayez de les déclamer et vous verrez que vous éprouverez tous les effets de l'hiatus, puisque la liaison écrite se fond dans la prononciation. D'ailleurs, soyez logiques. Si l'hiatus provenant de la rencontre de deux mots est désagréable, pourquoi celui provenant de la rencontre de deux voyelles dans le même mot le serait-il moins ? Pourquoi M. Mendès emploie-t-il des mots comme : *Idéal, Héroïsme, Hyménéen, Antinoüs, Noël, Oréade,* etc., entachés d'hiatus ? M. Anatole France a noté que le charme de certains noms de femme : Pholoë, Chloë, Pasiphaë, provenait justement de ce glissement de deux voyelles l'une sur l'autre.

L'hiatus peut donc être une source d'harmonie et ajouter au vers une beauté nouvelle.

Il ne s'agit que de le réglementer. Ainsi Ronsard, dans son *Abrégé,* bannit les hiatus désagréables à l'oreille ; dans ses poèmes, il admet volontiers « tu as », « qui ouvre », « si elle », etc., qui n'ont rien que d'harmonieux. C'est une règle sage.

Musset n'a-t-il pas dit :

> ...Ah ! folle que tu es
> Comme je t'aimerais demain si tu vivais !

sans que l'oreille en soit incommodée ?

LA PLUME

Léon Deschamps était venu de sa province pour conquérir Paris avec deux volumes, l'un de vers : *A la gueule du monstre*, l'autre de prose, *le Village*. Son insuccès, loin de l'abattre, fut pour son activité un nouveau coup de fouet. C'est alors qu'il fonda *la Plume*, qui devait avoir une si bruyante destinée. Son premier numéro parut le 15 avril 1889.

L'honneur de *la Plume* fut de ne jamais mentir à son programme de revue française de jeunes et d'être restée une tribune accueillante. Le succès ne l'a ni grisée, ni pervertie comme telle de ses rivales à qui la fortune a donné le pédantisme et l'intolérance, vices ordinaires des revues académiques et officielles. Il y eut, certes, à *la Plume*, une noble émulation d'écoles, mais jamais jalousie, rivalités mesquines de petites influences, intrigues malpropres autour d'un nom ou d'une chose. On n'y a jamais conspiré, dans l'ombre, contre une œuvre ou contre un homme.

Le goût naturel de Deschamps et — pourquoi ne le dirai-je pas?— son flair d'industriel, l'avait poussé à faire une place à part à Jean Moréas et à son école. Il sentait que là étaient la force, l'avenir de notre poésie, mais il exerçait sa direction avec de tels scrupules qu'il allait jusqu'à sacrifier ses préférences et qu'il continuait à donner asile, concurremment, à toutes les autres manifestations d'art. Toutes les écoles : décadente, réaliste, symboliste, naturiste, ont été chez lui largement représentées. *La Plume* y a gagné en intérêt documentaire. Alors que les autres revues ne représentent qu'une part de l'effort littéraire contemporain, *la Plume* résume cet effort considérable en son entier. Elle fut, pendant quinze ans, le miroir le plus fidèle de toute notre vie esthétique. Les numéros spéciaux consacrés à Baudelaire, à Verlaine, à Moréas, à Mæterlinck, à Barrès, aux Félibres, aux Décadents, aux Symbolistes, à l'Occultisme, etc., en font une sorte d'encyclopédie des lettres françaises.

Elle est comme le musée des conquêtes du lyrisme contemporain. C'est une source précieuse de documents pour l'âge à venir, et nul, s'il n'y a puisé, ne pourra reconstituer véritablement notre atmosphère intellectuelle.

Ce fut à la fin de l'été de 1889, six mois après la naissance de *la Plume*, que Léon Deschamps s'avisa de réunir, chaque samedi soir, les artistes et les poètes, pour, dit amusamment Maillard, « *ajouter une note d'art vrai aux bruits cosmopolites de l'Exposition universelle* ». Les premières réunions eurent lieu au café de Fleurus, mais il fallut vite émigrer dans un local plus vaste. Ce fut le sous-sol du café du *Soleil d'Or*, situé place Saint-Michel, à l'angle du quai, qui fut choisi.

Le succès fut très vif. Peut-être sans s'embarrasser d'autres causes, faut-il n'y voir qu'un effet de l'opportunité. Léon Deschamps savait choisir ses hommes et son heure. Des tentatives de ce genre (les Hirsutes, les Hydropathes, les Zutistes) n'avaient eu qu'une existence éphémère en dépit des noms qui demeurent : Charles Cros, Georges Lorin, Edmond Haraucourt, Emile Goudeau, Jean Ajalbert, etc. C'est qu'elles étaient venues prématurément. Elles n'en avaient pas moins préparé les voies.

Quand Deschamps survint, l'heure était mûre. Il y avait du nouveau dans l'air.

La dominante de l'esprit public c'était, alors, un chauvinisme grossier mêlé de niaiserie sentimentale et d'ignorance satisfaite. La gloire du café-concert était à son apogée. Paulus et Bruant régnaient sur les foules et suffisaient à leur besoin d'esthétique. Catulle Mendès n'avait pas encore tué l'opérette. Gandillot brillait d'un vif éclat et

Francisque Sarcey, au nom du bon sens et de la vieille gaieté française, imposait un idéal médiocre. Pour les plus raffinés, Henry Fouquier incarnait la sagesse platonicienne et l'élégance attique.

Armand Silvestre s'imaginait qu'il suffisait de verser dans l'ordure pour égaler nos vieux conteurs gaulois. Les imitateurs de Jean Richepin, sans avoir l'excuse du génie, abusaient de la langue verte. Les romanciers naturalistes, sous couleur de vérité, n'étudiaient que la bête humaine et leur parti pris de ne considérer les choses que sous leur angle brutal devait fatalement amener une réaction. A l'école du document humain, pour qui la psychologie n'était que le jeu de l'instinct, devait succéder un art de rêve, tout en délicatesses et en nuances. Les esprits saturés de naturalisme sentaient naître un besoin d'idéal. La vie ne leur apparaissait plus comme une banale succession de faits divers, mais comme un plan magique et ordonné où chaque geste inscrit un symbole. Le sens du mystère s'éveillait dans les âmes. On sentait, en un mot, le besoin d'autre chose, sans savoir encore de quoi cet autre chose serait fait.

Ces tendances nouvelles s'étaient déjà manifestées à deux ou trois reprises sans avoir pu se formuler d'une façon bien définie.

Enfin Anatole Baju, dénué de toutes ressources,

réalisait ce prodige inouï de faire vivre pendant deux ans, par la seule force de sa volonté, un journal *le Décadent*, qu'il imprimait lui-même sur du papier à chandelle avec des têtes de clous.

Il ne faut pas oublier non plus *les Taches d'encre*, rédigées par le seul Maurice Barrès, les *Écrits pour l'Art* de René Ghil, *la Cravache* de Georges Lecomte, ni *Art et Critique* de Jean Jullien (1).

Toutes ces publications avaient comme point commun le mépris de la littérature officielle et la recherche d'une Beauté nouvelle. Elles avaient les mêmes admirations. Ici et là on exaltait des noms inconnus du public ou tournés en dérision : Wagner, Puvis de Chavannes, Rodin, Verlaine, Mallarmé, Rimbaud, Villiers de l'Isle-Adam, Eugène Carrière, etc., et cette admiration des nouveaux venus s'exagérait encore du sentiment qu'ils avaient de réparer une longue injustice.

Mais ces publications étaient trop intransigeantes pour faire aucune concession au goût du public ; et la grande presse restait hostile ; elle ourdissait autour de ces tentatives la conspiration du silence. En vain, les décadents (c'est ainsi

(1) J'omets à dessein la *Revue wagnérienne*, trop spéciale, et la première *Revue indépendante*, encore trop mêlée au mouvement réaliste.

qu'on appelait, faute de mieux, les écrivains nouveaux), en vain les décadents les plus pressés de fixer l'attention traînaient-ils Louise Michel aux conférences de la salle Jussieu ; en vain se glissaient-ils dans les réunions anarchistes pour y déraisonner sur la politique, tandis que les politiciens y déraisonnaient sur la poésie, chacun ayant l'habitude, remarque Rachilde, **de s'occuper de ce qui ne le concerne pas** : le public continuait d'ignorer ; la Presse ne soufflait mot. C'est qu'il règne dans le monde des lettres, plus que partout ailleurs, une violence manifeste qui acharne tous les êtres les uns après les autres.

Là, suivant le mot de Sully-Prudhomme :

> **Chaque vivant promène écrit sur sa mâchoire**
> **L'arrêt de mort d'un autre exigé par sa faim.**

De tous les chroniqueurs, Jean Lorrain, monté à l'assaut de *l'Événement*, poussa le premier l'intrépidité jusqu'à mettre ses lecteurs dans la confidence du nouvel évangile. Il parla des jeunes avec sympathie. Grâce à lui, la foule apprit avec stupeur que le vicomte de Bornier n'incarnait pas à lui tout seul la Poésie française et qu'il y avait une autre esthétique que celle de Francisque Sarcey. Jean Lorrain mettait donc les curiosités en eveil, mais il n'arrivait pas à dissiper toutes les préventions ; les lecteurs gardaient la peur d'être mystifiés. Au pays de Cabrion, on est tellement exposé à être dupe ! Ceux qui voulaient s'instruire et puiser aux sources ou simplement se tenir au courant, éprouvaient mille difficultés ; les nouveaux poètes rédigeaient bien des journaux et des revues, mais ils ignoraient l'art de les répandre ; il fallait, pour les trouver, exécuter de pénibles traversées et gagner le « lointain Odéon ».

Toutes ces revues, d'ailleurs, se spécialisaient tellement qu'il était nécessaire de les suivre toutes pour arriver à se faire une opinion. Les plus résolus reculaient devant la dépense.

A ce moment, parut *la Plume*. D'un format léger et d'un prix modique, elle fut éclectique et résuma à elle seule la *Revue Indépendante, le Décadent, la Vogue*, les *Écrits pour l'Art*, etc. Elle fut comme le trait d'union de toutes ces feuilles d'avant-garde dispersées. Elle fut cela, et plus que cela, car, non contente de s'occuper de littérature, elle s'intéressa à tous les arts ; elle organisa des numéros spéciaux pour les groupes de poètes des provinces diverses, donnant ainsi une grande impulsion au mouvement décentralisateur qui occupe tant, à l'heure actuelle, les bons esprits. Elle mit en exposition l'œuvre des peintres, des sculpteurs et des ouvriers d'art ; elle s'occupa de sociologie, de musique. Elle eut même un théâtre d'ombres.

On peut dire qu'aucune manifestation de l'intelligence ne lui est restée étrangère. Elle fut nettement révolutionnaire, mais elle le fut avec entrain et avec bonne humeur ; elle accueillit la chanson, sachant qu'au pays de France la chanson seule consacre et que rien ne dure sans elle. Elle devint par cela même un admirable instrument de propagande.

Elle ne mit pas, comme ses aînées, une coquetterie à exaspérer l'acheteur. Elle se fit au contraire conciliante, bonne fille. C'était bien la chose de son nom simple et modeste : *la Plume*. Elle se rappela que chez nous la gaieté est une force, et si elle continua d'attaquer çà et là quelques parvenus des lettres, c'était sans fiel et sans aigreur. Elle ne pratiqua aucune exclusion. Les nuances les plus subtiles de tout un monde nouveau, ondoyant et divers, s'y trouvaient reflétées.

On vit à ses soirées fraterniser devant les soucoupes, des esprits aussi disparates que Jean Moréas, Charles Morice, Rachilde, Félix Fénéon, Fernand Clerget, Paul Roinard, Alexandre Boutique, Albert Samain, Paul Adam, Pierre Louys, Camille Lemonnier, Lugné-Poé, Jules de Marthold, Stuart Merrill, Albert Boissière, André

Lebey, Paul Souchon, Georges Pioch, Maurice
Magre, etc.

Willy, qui a élevé le calembour à la hauteur
d'une institution, y réjouissait Emmanuel Signo-
ret aux strophes grandiloquentes ; le mystique
Le Cardonnel y supportait les flonflons de Che-
broux. Charles Maurras y méditait sur le « natio-
nalisme intégral », à côté du compagnon anar-
chiste Martinet et du futur socialiste unifié
Bracke-Desrousseaux.

Les chansonnettes de Canqueteau, dont la voix
avait des secousses de montagnes russes, y alter-
naient avec les odes enflammées de Raymond de
la Tailhède ; une satire rimée de Cazals y succédait à un poème évolutif de René Ghil.

Voulez-vous que nous assistions à l'une de ces
séances. Il est neuf heures du soir. Des groupes
d'étudiants, de poètes, d'artistes, reconnaissables
au complet de velours à côtes et au **feutre de mous-**
quetaire, descendent en longues théories de Montparnasse, de Montmartre et des Batignolles, et
s'engouffrent dans le café. La salle de débit est
calme ; cela ressemble à la salle d'un café de province ; beaucoup de tables sont vides ; la cais-

sière somnole au comptoir ; par économie, on n'a allumé qu'un bec de gaz sur deux ; des gens du quartier jouent aux cartes dans un coin ; le garçon range les journaux du matin. Rien ne ressemble moins à un café où il se passe quelque chose ; mais ne vous arrêtez pas, traversez la salle, suivez ce groupe qui entre ; descendez l'escalier qui plonge au sous-sol ; ouvrez la porte qui se présente. Vous restez une minute cloué sur le seuil, suffoqué par le bruit, la chaleur et la fumée ; un spectacle étrange s'offre à la vue : un long boyau coudé de maçonnerie est rempli d'une humanité exaltée et grouillante. Deux garçons effarés, ahuris, ne savent comment tenir tête à l'avalanche des appels, des revendications, ni comment glisser à travers la barricade des chaises et des tables chargées de bocks. Là où quarante personnes seraient à peine à l'aise, vous en voyez s'entasser de cent cinquante à deux cents. Encore Maillard regrette-t-il que la présence de ces dames « *plus étoffées en nature et en vêtement* » ne permette pas d'en entasser davantage. Tout au bout, une scène minuscule, encadrée de rideaux de bois peint ; quelques coups de pinceau sur le mur de fond offrent la plus simple expression d'une marine casquée d'une lune symbolique.

A gauche, un piano rétif qui, chaque fois

qu'on le met en branle, rappelle ces vers de
Dubus :

> Je suis un piano usé
> Parce qu'il a trop amusé.

Près de la scène, une estrade où se tient le président Léon Deschamps (une pipe et un sourire)
assisté de Léon Maillard et de Louis Miot, *ses
deux bras droits*, remarque spirituellement le
futur sénateur Lucien Hubert.

Voici, groupés au parterre, suivant la loi des
sympathies, les parnassiens, les brutalistes, les
instrumentistes, les mages, les kabbalistes, les
humoristes, les décadistes, les symbolistes, les
futurs romans et ceux qui s'intituleront demain
les naturistes.

La France entière s'est fait ici brillamment
représenter. L'Isle de France a délégué le trou-
vère Albert Mérat, la Champagne Lucien Hubert,
les Flandres Albert Samain, la Picardie Alexandre
Desrousseaux, la Normandie Jules Tellier et Léon
Dequillebecq, la Bretagne Charles Le Goffic et
Narcisse Quellien, la Provence Charles Maurras,
le Languedoc Paul Redonnel et Raymond de
la Tailhède, la Mayenne Jules Renard, la Bresse
Gabriel Vicaire, le pays lyonnais Léon Riotor,
la Lorraine Paul Verlaine et Maurice Barrès.

Mais que dis-je, la France ? C'est bien le monde

entier qui communie dans cette fête fraternelle, puisque voici à côté de l'Athénien Jean Moréas, le Portugais Enrique Carillo, le Finlandais Leclercq, l'Américain Stuart Merrill, le Belge Camille Lemonnier, et Louis Dumur, citoyen suisse, avec son inséparable princesse Nadedja, délicieuse fleur russe cueillie aux bords de la Néva.

Cette dame qui pérore, c'est Marie Krysinska qui revendique la *maternité* du vers libre et qui se plaint de l'injustice de Gustave Kahn à ses fidèles Irma Perrot et Denise. Ce lorgnon en colère, là-bas, c'est Retté ; ce justaucorps évidé, c'est Du Plessys, et ce nez retroussé, c'est Cazals, l'Homère de ces « soirées épiques », Cazals, ce faux Delacroix qui prend des notes pour son futur *Jardin des ronces* (1). Pour l'instant, il se contente de révolutionner Charles Buet par l'imprévu de ses cravates et de dépiter Jean de Mitty par l'inégalable fantaisie de ses gilets. Écoutez ce qu'en dit le languide poète Ivanof, au geste de Christ épuisé :

> Ce qui chiffonne les femmes,
> C'est qu'on n'peut pas voir ses yeux...
> Le gauch', qui leur lanc' des flammes,
> Est couvert d'un' mèch' de ch'veux...

(1) F.-A. CAZALS, *le Jardin des Ronces.* Édition de *la Plume,* 1902, en vente actuellement chez Crès.

L'autre, un lorgnon le réclame...
Ah ! — que c'est donc ennuyeux !
Voyons, Cazals, pour un' dame,
Ce soir, fais-nous voir les deux !

Combien ces réunions sont simples, cordiales, empreintes d'une bonhomie fraternelle et différentes de celles du *Chat noir*, par exemple, où l'art tourne vite au puffisme et à la parodie ! On va chez Salis par mode et comme on se rend à la ménagerie, avec l'espoir d'y rencontrer quelques bêtes curieuses. On sent derrière cette exhibition d'artistes un but secret de négoce et de lucre. J'avoue qu'il fallait aux récitants un fameux estomac, un tempérament d'arriviste à tous crins pour supporter l'insolence des face-à-main et des monocles hostiles braqués sur eux : un public de snobs amateurs et de mondaines désœuvrées créait une atmosphère de music-hall où le poète devait vite faire place au cabotin. A *la Plume*, au contraire, *on est chez soi*. Partout, dans tous les coins, à toutes les tables, des visages de connaissance, des têtes de camarades venus avec la seule intention d'écouter des vers. Nulle pose.

Allons signer la feuille de présence, au bureau. C'est une nécessité. A peine sommes-nous assis que l'on réclame le silence. Le président agite sa sonnette et :

> Grimpant sur une estrade,
>   Donn' la parole en zézéyant
> A not' cer camarade !...

Ça débute généralement comme ça finit, par des chansons.

Seuls les accords du piano sont assez puissants pour dominer le brouhaha des conversations et la sonnerie cristalline des chopes.

Arthur Bernède plaque de vastes accords. Une voix de rogomme décèle Yann Nibor ; une voix de crécelle trahit Lemercier :

> Baillot survenant illico
>   Nous en pousse une raide...
> Alors apparaît Montoya,
>   Celui qui ténorise,
> Et tout's les femm's disent déjà
>   Que sa chanson les grise ! »

Mais le pianiste est en sueur, il faut lui laisser quelque répit.

Yann Nibor en profite pour nous dire un monologue, *la Dent du père Thomas*, qui alourdit l'atmosphère d'une lourde sensualité.

> Albert Mérat dit : « C'est gentil,
> Mais ça manqu' de poètes !...
> L'écol' romane est bien ici,
> Mais jamais elle ne donne. »

Deschamps, qui n'a cessé de crier depuis l'ouverture de la séance : « Silence, Dubus ! on n'entend que toi ! » invite l'incorrigible interrupteur à monter sur l'estrade. On voit alors grandir la longue silhouette d'un Pierrot famélique qui se livre à des jeux de paroles avec une verve si enfiévrée qu'on y devine comme un besoin de s'étourdir. Il récite ou plutôt il improvise des fables express qui ont dû troubler les nuits de Franc-Nohain, d'une cocasserie si imprévue qu'elles emportent le rire général. Mais soudain le rire cesse : le Pierrot famélique s'est transfiguré; le pitre fait place au poète et c'est une voix émouvante et passionnée qui rythme de vivants sanglots :

> Pour devenir un jour celui que tu recèles,
> Et qui pourrait périr avant d'avoir été,
> Sous le poids d'une trop charnelle humanité,
> O mon âme ! il est temps enfin d'avoir des ailes !

C'est seulement quand la voix se tait qu'on s'aperçoit que la salle est, par le fait des pipes, obscurcie, d'un voile épais et qu'une « *lente asphyxie y couve ses ravages* ».

« A partir de dix heures, écrit quelque part Jean Carrère, une fumée épaisse, régulière et progressive comme, depuis, je n'ai vu la pareille qu'en escaladant les flancs du Vésuve, montait des tables, se gonflait au plafond en lourds nuages et sortait par les soupiraux avec la lenteur d'une chose éternelle. »

Répondant au vœu général, quelques assistants de bonne volonté, voisins du mur, manœuvrent les poulies des vasistas qui résistent, pour laisser pénétrer l'air, et l'on feint de croire que l'on se trouve mieux.

Mais que se passe-t-il ? D'où vient cet émoi ? Que signifient cette bousculade, cette subite levée en masse ? Serait-ce une irruption d'alguazils ? Non I c'est le maître Verlaine qui fait son entrée,

Le feutre en guise d'auréole,

escorté d'une cour de fidèles parmi lesquels Jules Tellier aux yeux caves, et Henri d'Argis, au visage glabre. Verlaine s'avance, boitant, soutenu de sa canne, d'autant plus digne qu'il sent davantage le poids des amers. On se dérange pour lui faire place, et voyez I ô miracle du Génie ! avec quelle joie déférente ce groupe de jolies femmes accueille le voisinage de ce vagabond « fait comme un voleur ».

J'ai connu Verlaine élégant. Même aux soirées de *la Plume,* j'ai vu le Poète s'imposer, un temps, la correction suprême d'un faux col anglais et d'un haut de forme, retrouvé derrière un meuble lors d'un déménagement. Il brandissait ce haut de forme avec fierté. Il dut y renoncer à cause de l'hostilité d'un poil toujours rebroussé, contrariant par trop l'esthétique. On oubliait d'ailleurs, à l'entendre causer, ces détails mal venus et son regard profond et doux suffisait à parer et à illuminer toute sa personne.

Ce fut sans doute l'accueil de ces réunions qui lui inspira l'idée d'un conte qu'il ne trouva jamais loisir d'écrire, mais qu'il me confiait ainsi :

« Deux grandes dames sortent de la messe chargées de bijoux. Un flot de seigneurs s'empressent autour d'elles. L'orgueil d'être adulées éclate dans leurs regards. Tout à coup, elles s'arrêtent et se courbent, prises de honte, devant l'image d'un saint homme de mendiant qui passe, pieds nus ; elles s'agenouillent et baisent dévotement, d'un mouvement bien humble, le bas de sa tunique, comme pour lui faire hommage de leur personne et contrition de leur opulence... »

Écoutez ce tonnerre d'applaudissements. C'est le nouveau Tyrtée, c'est le fougueux poète Laurent Tailhade pour qui la littérature n'était jadis qu'une bague au doigt, et qui prélude aujourd'hui à la phase héroïque de sa destinée, abominant le mufle ; il offre un mélange d'onction et de morgue castillane ; il fait chatoyer, avec des gestes menus, aux feux de son débit avisé, les joyaux de fine orfèvrerie de ses ballades précieuses. Il brandit contre le bourgeois une sorte de truculence empanachée :

C'est de la viande de cochon !

Cela sent le fer rouge et la corne brûlée, et cette littérature prend, du voisinage des monologues fades et des ritournelles sucrées, un relief encore plus homicide.

Le lyrisme est déchaîné ; on réclame avec insistance Moréas, qui tout d'abord se récuse, mais qui, porté à la tribune par l'enthousiasme public, cède à la violence et s'exécute. La moustache énergique sous le monocle étincelant, il dresse sur la foule un geste d'autorité qui le proclame dieu. Sa voix cuivrée impose les vers qu'il scande en les martelant. Il ramène sur l'auditoire enfiévré la douceur fleurie et tranquille du ciel d'Hellas, et tandis qu'il récite, il semble qu'on entende le bruissement des lauriers-roses au long des rives harmonieuses...

Je naquis au bord d'une mer dont la couleur
Passe en douceur le saphir oriental...

On attendait les chansonniers de Montmartre.
Les voici :

> Jacques Ferny, beaucoup plus spi
>   rituel que Roqu'laure,
> Sait, avec art, tirer parti
>   Des chroniqu's de Roch'fore...
> Dreling, dreling, dreling, dreling...
>   Marcel Legay s'enflamme,
> Et tendre ou fougueux son refrain
> Fait un bruit d'grelots ou d'tocsin

Mais c'est la fin. Minuit sonne ; il faut se séparer. Loin d'empocher la recette comme Salis, le président se voit obligé de solder au garçon quelques consommations laissées pour compte par de peu scrupuleux auditeurs. Il le fait avec une spontanéité discrète qui rehausse la « beauté du geste ». La sortie est lente ; des groupes acharnés à discuter un point d'esthétique obstruent les couloirs et les portes avec acharnement ; et les promeneurs du boulevard Saint-Michel ne considèrent pas sans inquiétude ce grouillement insolite de gens, dans la nuit.

Voici l'impression qu'Aurélien Scholl rapportait d'une de ces soirées : « Il faut voir l'exubérante jeunesse s'épanouir en ces agapes fraternelles. Les bonnes figures ouvertes, les franches poignées de main ! L'envie est inconnue à ces lutteurs, chacun applaudit au succès de l'autre. Ils se sentent monter ensemble. »

Cela dura longtemps. Aux soirées s'ajoutèrent les dîners de *la Plume*, que ne dédaignèrent pas de présider Émile Zola, François Coppée, Jules Claretie.

Qu'est-il résulté de tout ce grouillement, de toute cette effervescence de jeunesse ? Quelques-uns nous disent : « Vous n'êtes que l'ébauche d'un idéal futur ; vous vivez à une époque de transition où rien ne se peut créer de définitif. De là cette inquiétude d'esprit qui fait que les meilleurs d'entre vous ne cessent pas d'évoluer et de changer de manière ! » Que manque-t-il donc à ce livre (je n'en veux citer qu'un) des *Stances* de Moréas pour être un chef-d'œuvre ? N'est-ce point là l'œuvre définitive qui marque une étape et fait époque dans la vie littéraire d'un peuple ?

Non, certes, l'effort considérable de ces dix années n'aura pas été stérile, puisqu'il a réussi à modifier le goût public. N'est-il point tout à fait typique que des écrivains de valeur : Paul Adam Moréas, Henri de Régnier, se soient rendus possibles aux grands quotidiens ! Il suffit d'ouvrir les yeux pour se rendre compte qu'un souci d'art a pénétré presque dans les détails familiers de notre vie quotidienne. Ce n'est pas en vain que *la Plume* a prôné l'art des Grasset, des Séon, des Lalique, des de Feure, des frères Vibert, des Osbert, des Schneeg et des Bernard (1).

(1) Une nouvelle série de *la Plume* a paru sous la direction de Karl Boès, mais cette série étant postérieure à 1800 ne saurait être examinée ici et fera l'objet d'une étude ultérieure.

F.-A. CAZALS

Cazals était l'un des boute-en-train des soirées
de *la Plume*. Qui ne se le rappelle, dressant au
milieu du brouillard des pipes, dans le vacarme
des soucoupes, sa silhouette 1830, et chantant
d'une voix réfractaire, sans trop se soucier du
piano, *Struggle for life* ou *les Bigorneaux de
l'École romane*. « Il avait, dit Rachilde, l'aspect
d'un gentil Arlequin, narines retroussées, lèvres
goulues et rouges, cheveux furieux, pas de mous-
taches, toute sa finesse dans sa main, une main
longue et fluette, une petite batte. »

Ses chansons plaisaient par leur persiflage
léger, leur malice sans fiel et leur tour d'esprit
bien parisien. Il lui suffit d'en avoir amassé de
quoi fournir un volume (1).

Cazals n'œuvre point dans le sentimenta-
lisme niais ni dans la rosserie à la mode. Il se
garde précieusement de ces deux excès.

C'est un esprit averti qui passe à travers
les événements, armé d'ironie, et sans leur

(1) Un autre volume, *la Bague au doigt*, est en préparation.

accorder plus d'importance qu'ils n'en méritent.
Il n'a pas assez d'illusions pour s'indigner. Il y
a toujours place chez lui pour une pointe de
bonne humeur.

C'est sans aigreur qu'il constate que :

> Quand on n's'appelle pas Camondo
> Il n'y a pas beaucoup d'monde au
> Cimetière !

Il note encore :

> Qu'ici pour bien vivre il faut s'y
> Prendr' d'avance !

Il se console, avec un bon conseil, du lien peu
sûr des amitiés courantes :

> Si vous avez besoin d'amis,
> Commencez par avoir des louis

Il sait la valeur du mot *Progrès*, et quand
Barrès, député, parle de l'avènement d'une
République honnête, il lui répond, sur l'air
de *Cadet-Roussel* :

> Ah ! ah ! ah ! oui, vraiment,
> Barrès en a pour un moment !

Les scandales du Panama ne l'ont ému juste
assez que pour lui inspirer cette réflexion profondément judicieuse :

> Si tes enfants sont corrompus,
> O France, il ne faut plus en faire !

D'ailleurs la politique n'est pas son fait. Il est plus à son aise dans l'épigramme littéraire. Il a chanté le *Bonnet à poil* de Coppée, les *Picds* de Péladan, le *Rhum et eau* de Verlaine, le monocle et les cigares de Moréas, la jaquette de Du Plessys, le *Geste* de Laurent Tailhade, etc.

Ses escarmouches sont loin d'être meurtrières. Il ne s'en prend qu'aux faiblesses avouables et il se contente d'esquisser. Il n'en veut qu'à l'extérieur, aux apparences ; il effleure, il dédaigne l'effort nécessaire pour appuyer. C'est cette légèreté, cette mesure dans l'attaque qui le sauvent des rancunes ténaces et qui désarment jusqu'à ses adversaires.

Il excelle là surtout où il faut des qualités primesautières, de l'improvisation, du brio ; son premier coup d'œil est le bon. Il n'a pas le temps d'y revenir.

Il découvre tout de suite le point faible, il sent le ridicule et, s'il le voulait, il ferait un vaudevilliste sans pair. C'est le même don d'observation qu'il apporte dans ses chansons et dans ses croquis, et personne n'a, comme lui, saisi les gens dans leur geste essentiel et leur attitude spécifique.

L'actualité lui fournit assez de sujets pour qu'il ne se donne point la peine d'aller en chercher ailleurs. Mais c'est un attrait qui passe vite. En relisant ses couplets, on est amené insensiblement à leur restituer la vie de l'heure, l'atmosphère du *Soleil d'or* chargée de bière et d'alcool, le grouillement et l'entrain de la foule, l'éclat des lumières, le ronflement et les cris de la rue voisine. N'importe, ces chansons gardent une valeur documentaire indiscutable. Elles forment une recueil instructif, une petite histoire anecdotique des mœurs des Cénacles du Quartier Latin. Elles expliquent et complètent l'œuvre artistique de *la Plume*. On y suit pas à pas l'évolution des esprits. Elles marquent une époque curieuse dans l'histoire des lettres depuis le moment où tout Saint-Denis, révolutionné, se mettait aux fenêtres pour voir passer les « décadents » jusqu'au moment où le vagabond Verlaine recevait, dans un galetas du quartier Saint-Jacques, au milieu de l'élite de la Jeunesse, par l'organe du comte Robert de Montesquiou-Fézensac, les hommages de la Noblesse de France.

Jean Moréas (1), parlant de Cazals, dit :

(1) *La Vie d'un poète* (Feuilleton de la *Gazette de France* du mardi 16 juillet 1907).

« ...Le regretté maître Eugène Carrière fit un jour un beau portrait de Verlaine. Il le montre ascétique et contrit, sans doute à cause de ses poésies dévotes. Cette expression n'était pas étrangère au poète ; toutefois, son air vrai fut plutôt cavalier et cape espagnole, ou bien encore paysan selon nos Joyeux Devis, moitié gothiques, moitié renaissance.

« Enfin, les années de misère avaient ajouté à la physionomie de Verlaine le facétieux tortillement de bouche du vagabond sublime. Ainsi le représentent avec autorité les dessins ou pastels de Cazals. Le musée du Luxembourg en possède un, très enlevé : c'est Verlaine, en tenue d'hôpital, fumant sa pipe. Sur un autre, qui est au musée de Nancy, on le voit dans sa légendaire chambre meublée de la rue de Vaugirard : il travaille couché, un pli drôlement gravé au front. »

F.-A. Cazals restera comme l'iconographe des décadents. Il a fixé pour la postérité quelques aspects familiers de Verlaine. Je me suis fait loi de le proclamer dans cette ballade dont on voudra bien me pardonner le ton humoristique, tellement de circonstance :

BALLADE
DES PORTRAITS DE VERLAINE.

Bons décadents qui, ce jour de janvier,
Suiviez, unis à la Fleur du Symbole,
Notre cher Maître à son logis dernier,
Au cimetière, au fond des Batignolles;
Doux névrosés qu'à Rome, V. Pica (1)
A célébrés sur son harmonica,
Ce que j'annonce est pour calmer vos peines :
De son crayon, aux yeux de l'Univers,
L'affranchissant de la poudre et des vers,
F.-A. Cazals nous a rendu Verlaine.

Soit qu'il s'échoue en plein *François premier* (2)
Avec son feutre en guise d'auréole,
Ou soit qu'il boite avec son cornouiller,
Au clair de lune, au quartier des Ecoles ;
Soit qu'il s'esclaffe au refrain de *Fathma*,
Tout en bourrant sa pipe de tabac,
À l'hôpital, en cache-nez de laine (3) ;
Soit qu'il se rue, avec force, à travers
Les bois dénuds que fouette un vent d'hiver,
F.-A. Cazals nous a rendu Verlaine.

J'ai vu partout, ses traits multipliés,
A l'eau, à l'huile, à la cire, à la colle.
Tous les journaux l'ont eu, sur leur papier,
Moine qui prie ou faune qui rigole.

(1) Littérateur italien qui s'est employé à introduire chez ses
compatriotes le Symbolisme français.
(2) Café du Quartier Latin, aujourd'hui disparu, où fréquentaient
Verlaine et ses amis, alors au coin du boulevard Saint-Michel et de
la rue Royer Collard.
(3) Musée du Luxembourg.

Chez Valadon (1), c'est, sous un crâne ras,
Une façon de carme scélérat ;
C'est, chez Carrière (2), un Christ à bout d'haleine,
Sans rien d'égal à ces maîtres divers,
Mais plus nature, en tête de ses vers (3),
F.-A. Cazals nous a rendu Verlaine.

Envoi.

Pères conscrits, qu'on nous ôte de là
Ce faux Otto (peccavit Chantalat) (4),
Et que vos murs, en échange, aient l'étrenne
De ces dessins où, plus riche d'éclat,
F.-A. Cazals nous a rendu Verlaine (5).

***

Léon Deschamps mourut le 28 décembre 1899. Il tomba foudroyé en pleine jeunesse, en pleine fougue de travail. La dernière fois que je l'avais vu, il exultait de joie et de santé. L'année lui avait été favorable. Les affiches s'enlevaient. Il ne comptait plus ses succès de librairie. Il

(1) Portrait de Verlaine, par Valadon.
(2) Musée du Luxembourg.
(3) Les derniers jours de Paul Verlaine (*Mercure de France*).
(4) Il s'agit du portrait de Verlaine, introduit au Luxembourg et qu'a signé le peintre Chantalat, médiocre image, qui semble moins faite d'après nature que calquée sur la photographie d'Otto.
(5) Cazals fut l'un des familiers de Verlaine. Il a écrit ses *Derniers Jours*, en collaboration avec Gustave Lerouge, recueil curieux par les documents qu'il contient et préfacé par Maurice Barrès

venait de reprendre avec éclat la série de ses banquets. Il voyait poindre enfin, après les années d'incertitude et de lutte, l'auréole de la fortune. Il vibrait d'enthousiasme. Goûtez un peu l'ivresse que respirent ses dernières lignes : « L'Art triomphe une fois de plus ! L'Art pur, l'Art sans compromissions, sans étiquette de chapelle ; l'Art au service de la souveraine Beauté ». Il parlait de « haines à jamais abolies, de consciences haussées à la divinité » et il concluait :

« Nous voilà prêts à fêter au prochain banquet la poésie personnifiée cette fois p   Jean Moréas, le plus pur, le plus haut e   plus désintéressé des poètes. »

Je lisais ces lignes de Léon Deschamps, lorsqu'un télégramme m'apprit le coup fatal. J'avais encore à mes oreilles le bruit amical de sa voix et son bon franc rire, indice d'une conscience pure. Je courus aux nouvelles. On précisait : un chaud et froid contracté à la sortie d'une des séances de la Haute-Cour ; un érysipèle de la face ; trois jours de maladie, de cauchemars, de fièvre délirante, puis soudain le réveil d'une conscience abolie, un regard douloureux qui se reprend et qui jette une dernière lueur consciente sur les êtres chers qui vous entourent, comme pour leur demander pardon de les quitter ; des mains hativement pressées dans la chaleur d'une rapide étreinte, d'un adieu suprême, puis la tête qui retombe... et... plus rien ! que le silence et le néant.

Tandis qu'on me faisait ce récit, je commentais en moi-même la stupidité du Destin qui épargne tant d'octogénaires paralytiques, tant de ruines humaines, et qui arrache, tout à coup, un homme vigoureux à sa famille, à ses amis, à ses travaux.

Le poète Maurice du Plessys aurait-il raison de blasphémer les dieux et de dire qu'Apollon persécute les siens à la mesure de leur amour? Il ne les élèverait que pour proportionner à la hauteur des bonds la profondeur des chutes :

Dans la boue il leur fait d'iniques funérailles.

Et en effet la boue n'a pas manqué aux obsèques de Léon Deschamps. Je n'oublierai pas cette sinistre journée d'hiver, sombre, pluvieuse et froide, où le vent hurlait de si lamentable façon.

On avait exposé le corps dans le hall de *la Plume,* parmi les tableaux de la dernière exposition : les *Hâleurs* de Gottlob, les *Parisiennes* d'Henri Boutet, les *Pyrotechnies* savantes d'Henri de Groux, les *Quiétudes rustiques* de Maglin.

Tout un rayonnement d'art protestait contre l'envahissement des draperies noires. Ces hautes tentures dévoraient jusqu'au jour du bureau de rédaction, où j'avais peine à distinguer deux silhouettes vagues. C'est à la voix seule que je reconnais Aurélien Scholl et Paul Adam. Ils ont tenu à être les premiers à la peine, comme il y a quelques jours, au banquet, ils avaient été les premiers à l'honneur. Paul Redonnel circule, affairé, dans le désarroi des choses. Le désordre des papiers, épars sur le bureau, atteste que la vie y fut brusquement suspendue. Le facteur entre et jette un paquet de lettres portant la suscription : « Léon Deschamps » ; cruelle ironie, témoignage de la fragilité des choses que ces lettres écrites d'hier et qui arrivent trop tard.

Il pleut. Des ombres traversent rapidement la cour inondée et viennent échouer dans le couloir avec un froissement d'étoffes mouillées, un bruit sec de parapluies refermés brusquement. Le couloir trop étroit est bientôt obstrué. L'entassement des gens chasse ce qui reste de jour, et c'est une nuit lugubre où il me semble voir gesticuler des fantômes. Tout à coup, un remous violent sépare la foule. On s'écarte pour laisser passer une masse noire que des femmes soutiennent : c'est la veuve secouée de sanglots, que l'on transporte au fond du hall, et que la barbarie du protocole force à recevoir les poignées de main et les paroles de condoléances, comme si elle avait encore la conscience des choses et la possession d'elle-même.

Le hall se remplit de faces pâles, aux yeux rougis, aux lèvres contractées. Il n'y a ici que des amis sincèrement émus, venus avec la consscience de remplir un dernier devoir. Les professionnels d'enterrements se sont abstenus. Il n'y a pas de reporters. Il n'y aura pas de réclame.

La toiture vitrée craque et gémit sous la force du vent. Une trombe d'eau s'abat avec un bruit formidable. On plaint ceux des assistants qui vont être obligés de tenir les cordons du poêle et d'affronter la rafale, tête nue. De solennelles calvities font un suprême appel à la pitié. Instinctivement, on songe à tous ceux que les enterrements ont tués. Une voix les dénombre dans un coin, et l'on apprend qu'en ce moment même Bertrand agonise d'une pneumonie contractée aux obsèques de Lamoureux. La même pensée erre dans tous les yeux, tandis qu'au fond du hall se poursuit le bruit des hoquets et des sanglots. Dans la détresse générale, la

petite Charlotte · Deschamps passe, souriante.
Elle ne comprend pas.

> La douleur est un fruit; Dieu ne la fait pas croître
> Sur la branche trop faible encor pour a porter.

Le deuil de ses vêtements contraste avec
l'enjouement de sa figure.

Aurélien Scholl la contemple d'un monocle
embué :

— « C'est ma filleule,... me chuchote-t-il...
A dater d'aujourd'hui je lui tiens lieu de père ! »

Et il y a dans cette parole du dernier boule-
vardier, du dernier viveur du troisième Empire,
du chroniqueur sceptique, une note imprévue
qui attendrit.

Le hall regorge. Toute la jeune littérature
est là. Voici Jules Renard, Léon Riotor, Alfred
Vallette, Louis Dumur, Jules de Marthold,
F.-A. Cazals, Hugues Rebell, Stuart Merrill,
Adolphe Retté, Vielé-Griffin. Jean Carrère, Dau-
phin Meunier, Léon Maillard, Achille Ségard,
Raymond de la Tailhède, J. Charles Brun,... etc.
On se regarde silencieusement. La levée du corps
tarde plus que de raison. Évidemment, on attend
quelqu'un qui ne vient pas...

L'ordonnateur se décide enfin. Un piétinement dans la boue, et le cortège, longuement
organisé, s'ébranle avec lenteur.

La cérémonie religieuse est célébrée avec la pompe accoutumée, et c'est, ensuite, la traversée épouvantable d'un Paris délayé par la pluie. Le sol détrempé imite la terre fraîchement labourée. Les fiacres et les tramways nous éclaboussent au passage d'une gerbe de boue. On marche voûté, la tête en avant, comme à l'assaut, pour lutter contre la tourmente. Chacun sent les bacilles de la phtisie, de la congestion pulmonaire voltiger autour de lui, comme les mouches autour d'un bétail, cherchant la place où se poser. On tremble à chaque instant, malgré les collets relevés, de sentir la piqûre mortelle. Au-dessus de la file des dos courbés, c'est, en tête, l'éternel cahot du corbillard et la danse obstinée d'une énorme couronne dont le vent pille les fleurs, au point qu'elle commence à montrer des coins de carcasse nue. Peu à peu on se disperse, la chaussée devient impraticable. On gagne les trottoirs riverains, laissant quelques intrépides pétrir la terre avec leurs jambes.

Le hasard me donne pour compagnon de route Edmond Girard qui est une bien curieuse figure de ces temps-ci. Sans fortune, n'ayant pour vivre qu'un modeste emploi, quelque part dans un ministère, il s'était mis tout à coup en tête d'éditer à ses frais les poètes inconnus, et

le plus extraordinaire c'est qu'il arrivait à
vendre ses volumes, mais il voulut aller trop
vite. Pour avoir pignon sur rue, il écouta les
propositions d'un commanditaire obligeant.
Qu'advint-il ensuite? Je l'ignore. Toujours est-il
qu'Edmond Girard, dénué de roublardise commerciale et d'habileté financière, dut battre en
retraite au début de la bataille, laissant tous
ses canons à l'ennemi ; mais ce serait bien mal
le connaître que de le croire découragé. Tout en
marchant, il me conte ses longs espoirs et ses
vastes pensées. Il a découvert un nouveau local
et il va se remettre à l'œuvre. O poètes ! mes
frères ! tressons des couronnes en l'honneur
d'Edmond Girard !

Voici enfin la gare du Nord. Le corbillard
descend lentement la rampe et s'arrête sur le
quai, où l'on doit prononcer les discours. La
pluie n'a pas cessé ; cette halte au milieu de
la manœuvre des signaux, du bruit des wagons
de bestiaux, du sifflet des locomotives, sous un
ciel bas, dans une atmosphère grise, obscurcie
encore par des flocons de fumée qui retombent
en écharpes de suie, a quelque chose de lugubre.
On grelotte ; la pluie obstinée a fini par triompher des vêtements les plus épais. Un membre
du Conseil d'administration de *la Plume*, M. Jean,

prend la parole, puis c'est Paul Redonnel, Jean Carrère, Henry Degron et Léon Maillard. On forme cercle pour écouter, l'oreille tendue, tandis que la gouttière des parapluies se déverse avec acharnement dans les cous d'alentour.

Et ma pensée évoque ce dernier banquet de *la Plume* en l'honneur de Paul Adam (7 décembre 1899) où, dans la joie et les lumières, Deschamps sentait monter vers lui la sympathie de trois cents convives, exaltés jusqu'à l'ivresse par l'éloquence de l'auteur du *Mystère des foules* et la vibrante et chaude parole de Moréas.

***

Cette fin d'année 1899 se marque d'un caillou noir, dans mes souvenirs. J'y déplorai la mort d'un familier, d'un probe écrivain qui n'a pas eu le temps de donner sa mesure pleine, mais que j'aimais : Léon Dequillebec, ancien secrétaire de rédaction de *la Plume,* et mon éminent ami Laurent Tailhade avait dû subir une cruelle épreuve, l'ablation de l'œil droit. Ma mélancolie se fit jour dans ces pages que publiait *la Plume,* le jour même où Léon Deschamps rendait compte — ce furent ses dernières lignes — du triomphal banquet Paul Adam :

LÉON DEQUILLEBEC

Léon Dequillebec nous a quittés. Je revois ce grand garçon maigre un peu penché, à la tête fière et blonde, où la phtisie avait mis ses délicates pâleurs. C'était un timide, un concentré. Il a traversé la vie sans bruit, dans un effacement volontaire, ne parlant jamais de lui-même, publiant à la dérobée, çà et là, des proses élégantes et des vers où il laissait percer toute l'amertume de son âme inquiète, découragée. Un propriétaire indifférent lui laissait occuper, au fond de Vaugirard, une vieille demeure menaçant ruine et sur le point d'être démolie. Les fenêtres fermaient mal. Le jour filtrait à travers l'escalier, les plafonds faisaient ventre. Le plancher chavirait sous les pas, mais il y avait un grand jardin avec des arbres profonds, où toutes les graines poussaient en liberté ; assez d'espace pour faire songer aux bois ; des vieux lierres, des coins noirs, des sentiers, des odeurs. On y admirait un reste de façade écroulée avec des masques de pierre au front des portes. Tout cela était d'une désolation délicieuse.

Dequillebec vivait là, entouré d'une affection dévouée et sincère. Il se garait comme il pouvait de l'humidité et des courants d'air. Il avait peint des paysages et des marines sur la nudité des murs. Je me souviens. Avec quelle joie il m'avait fait, l'été dernier, les honneurs de son ermitage. Bien que souffrant, il avait tenu à me conduire sur le balcon pour me faire admirer le décor mouvant des verdures. Il dut rentrer précipitamment et clore la fenêtre. Une toux opiniâtre le secouait. Il revint s'asseoir dans la chambre où, en dépit de la saison, odorait un doux feu de bois. L'ombre du feuillage dansait sur les murs. La gaieté du ciel et des arbres, le piaillement criard des moineaux, l'allégresse des cloches qui appelaient aux vêpres du dimanche, la quiétude heureuse, l'apaisement des choses de ce coin provincial, accentuaient le délabrement de la salle nue et froide où toussait ce pauvre malade, en qui les yeux seuls brillaient, comme si tout le vœu de vivre s'y était réfugié. Des pastels anciens, des portraits de famille se fanaient aux murs, tristement, et tandis que, près de nous, rôdait un doux sourire de femme attentive, surveillant la bouilloire où chantait l'eau des tisanes, le moribond, comme dans une protestation dernière, en dépit du mauvais sort me confiait ses projets d'avenir. Il rêvait les triomphes de la scène, les applaudissements d'une salle debout, soulevée d'enthousiasme et de délire...

Je ne l'ai plus revu. Peu après, il quitta Paris pour Cannes que lui conseillaient les médecins. C'est là qu'il est mort sans bruit, comme il avait vécu, sans une mention dernière dans les feuilles publiques, et le jour même où le convoi entrait sous les voûtes de Notre-Dame du Bon Voyage, l'Académie décernait des couronnes et jetait, comme une suprème ironie, sur le cercueil de ce poète mort pauvre, un bruit inutile de pièces d'or.

Au moins Dequillebec. plus heureux que tant d'autres, n'a pas connu les tristesses de l'hôpital.

LAURENT TAILHADE A L'HOPITAL

C'est à visiter les poètes que j'ai connu tous les hôpitaux de Paris : Laennec avec ses toits de prieuré, sa façade d'ancienne abbaye ; Broussais, qui semble, bâti sur pilotis, une bourgade de l'époque lacustre ; Necker aux murs nus et froids de caserne, mais où chante dans la cour une éternelle eau plaintive ; Saint-Louis, dont les tourelles Louis XIII pointent si joliment derrière les feuillages de l'avenue ; l'Hôtel-Dieu, qui ordonne parmi les colonnades et les degrés de pierre, la pompe païenne d'un décor antique...

C'est précisément à l'Hôtel-Dieu que je viens de voir Laurent Tailhade, à peine remis d'une douloureuse et grave opération. Sa bonne humeur courageuse a repris le dessus, et c'est presque avec entrain qu'il fait les honneurs de la « salle » à ses nombreux visiteurs. Tailhade est l'homme le plus entouré du monde, ce qui prouve bien qu'en dépit de la légende que lui ont créée ses attaques furieuses, c'est un tendre et un affectueux. Il faut des qualités solides de cœur pour entretenir autour de soi un tel concert de sympathies. Certes ! ce fils d'Apollon lance aussi vigoureusement les flèches que les rayons. Il unit à la vigueur de Tyrtée la verve malicieuse d'Aristophane. Comme Achille, lorsqu'il paraît, Tailhade jette dans le camp ennemi une soudaine épouvante, mais il n'a rien d'un fanatique, et il tolère chez ses amis l'indépendance des sentiments. Je le soupçonne même d'avoir moins de haine contre les personnalités qu'il malmène que contre les idées qu'elles représentent. Il lui arrive quelquefois d'oublier un nom en route, le temps d'une édition nouvelle. Ce qu'il vise, c'est, avant tout, la puissance du préjugé, la tyrannie de la sottise. Il faut lui rendre cette justice qu'il ne s'attaque qu'à des puissants du jour, qualifiés pour lui répondre par la plume ou par l'épée, et qu'on le trouve toujours du côté des opprimés, des affamés de justice et de vérité.

Il peut bien lui arriver de se méprendre. N'a-t-il pas dit lui-même : « Le Pauvre Monde est sujet à l'Erreur » ? Mais, au moins, souffre-t-il qu'en sa présence on dise du bien de ses ennemis, et, justement, le voici qui cause amicalement avec Ledrain qui vient de consacrer, dans la *Nouvelle Revue*, Marie Krysinska, chef de 'Scole symboliste. Je l'ai vu tout à l'heure écouter de la bouche d'un poète roman l'éloge de Moréas. Un jeune esthète, à sa barbe, défend Jean Lorrain.

« Non, messieurs, s'écrie-t-il, vous n'empêche-rez pas Jean Lorrain d'être, parmi les chroni-queurs de la grande presse, le plus digne d'être lu. C'est l'Aurélien Scholl de notre génération. Il a du style, de la fantaisie, du brio. C'est peut-être le seul (j'entends des fournisseurs habi-tuels de nos grands quotidiens) qui ne soit pas assommant et qui ne se croie point obligé de pon-tifier, avec des phrases solennelles. N'est-ce donc rien, cela, à une époque où les vaudevillistes eux-mêmes se font directeurs de conscience? Et puis, c'est le seul qui ait compris ses devoirs de critique. Depuis dix ans qu'il est sur la brèche, il n'a jamais cessé d'encourager les talents nais-sants, de mettre en lumière les génies méconnus. Il ne s'est produit aucun effort dans les arts ou dans les lettres qu'il n'ait accueilli avec sym-pathie. Aucune formule ne lui est restée étran-gère. Il a parlé de tout et de tous avec intelligence, loyauté et désintéressement. Il n'a pas attendu, pour signaler les vers du noble poète Henri de Régnier, qu'il fût devenu académicien. Comparez cette attitude avec celle de MM. François Coppée, Catulle Mendès, Anatole France, Armand Sil-vestre, qui, depuis un quart de siècle, règnent despotiquement sur la presse et qui n'ont usé

de leur toute-puissance que pour organisre
autour des talents indépendants la conspiration
du silence, comme s'ils tremblaient de se diminuer en accueillant les jeunes chez qui leur
jalousie inquiète ne leur laisse voir que des
rivaux ! »

Voilà, pensais-je, un monsieur qui a bien mal
déjeuné ou dont les digestions deviennent diffi-
ciles. Va pour le dithyrambe à Jean Lorrain !
mais les autres !... Sont-ils animés d'un si noir
esprit ! Armand Silvestre a eu le courage de
préfacer *le Pays du Mufle*, Catulle Mendès a
divulgué un beau livre : *les Pleureuses*, d'Henri
Barbusse ; il nous a tous fait « lire » à l'Odéon.
Anatole France est le premier qui ait promu les
jeunes à la solennité du *Temps*. Pour François
Coppée, il ne faut pas oublier qu'il a découvert
Albert Samain et Pierre Louys. Et puis, quels
instincts de filles ont donc la plupart des jeunes d'à
présent ! La poésie est chez les hommes ce que la
beauté est chez les femmes. Il n'est pas absolument indispensable d'en tirer profit. Les amoureux
savent trouver les jolies femmes même lorsqu'elles
se cachent; les fervents d'art savent découvrir les
bons poètes, si verrouillés et si triplement cade-
nassés soient-ils, au fond des boîtes des quais,
par l'indifférence ou l'hostilité de leurs contem

porains. Le Génie force tous les silences. Ce n'est ni M. François Coppée, ni M. Mendès, ni M. Jules Lemaître, ni M. Gaston Deschamps, ni M. Fouquier qui donnent du talent. Ils peuvent parler d'un mauvais livre par complaisance, ils ne le rendront pas meilleur. Ils peuvent ignorer un bon livre, ils ne l'empêcheront pas de faire son chemin. Toutes les puissances de la grande presse ont-elles pu barrer la route à Verlaine? Je vous entends : il faut vivre ; mais quelle étrange aberration est-ce de vouloir faire de la poésie un métier ! Oui, il faut vivre ! mais alors, comme disait Banville, mettez-vous égoutier ou croupier de cercle, suivant vos moyens ; distribuez les prospectus au coin des rues....

Tandis que je me faisais ce petit sermon dont je pensais qu'il était bon que la postérité fût avertie, des malades allaient et venaient autour de nous, traînant péniblement leur pauvre caracasse endolorie. Ils changeaient de place leur douleur, à la recherche d'un soulagement qui ne voulait pas venir. D'autres sommeillaient, vaguement, sur les vastes fauteuils de M. Napias, et les braves petites sœurs trottaient, sous les ailes de leur grande cornette blanche. *L*'une s'approche, prévenante, doucement inquiète :

« Eh bien, monsieur Tailhade ! vous ne vous fatiguez pas trop, au moins !... »

De hautes vitrines étagent des ustensiles de chirurgie. Tous les instruments inventés pour la torture humaine sont là. L'acier luit avec un petit air ironique qui vous donne froid dans le dos. On songe à des opérations possibles ; un goût de pansements phéniqués persiste jusqu'à l'écœurement. Par les portes ouvertes, on voit des mains crisper furieusement les draps ; une toux obstinée claque dans un coin ; une porte s'ouvre ; un infirmier, les manches retroussées, passe dans un courant d'air, en sifflotant, et, par les hautes fenêtres, le soir tombe en pluie de cendres...

Tout à coup, un charme, une grâce, un rayon. C'est Marguerite Moréno qui s'avance, souple, onduleuse dans un long fourreau de laine noire. La voici près du convalescent. Elle s'informe. Aurait-elle donc connu, elle aussi, la morsure du fer, la hantise, l'obsession nauséeuse du chloroforme? Elle évoque tout cela avec une telle précision que le poète, soulevé en avant, demande grâce du geste, mais avec un sourire. C'est que Mlle Moréno a l'image saisissante, le mot coloré. Écoutez-la parler de son pays :

« La rue sent le pain de maïs chaud l'huile

de noix et les raisins mûrs... Les colporteurs vendent des mouchoirs écarlates et des bijoux de cuivre ; les vieilles femmes en marmottes étalent sous des parapluies rouges des tomates et des piments doux ; les lépreux se font traîner sur de petits chariots, et les enfants viennent les regarder dans l'ombre grouillante de vermine et de mouches. Quand le jour tombe, les alcarazas se balancent, tout embués, aux fenêtres, le ciel verdit, la paix descend, et les amoureux s'embrassent la bouche derrière les portes... »

Et encore :

« Sur la route qui va vers la fontaine, on se promène les jours d'orage après la pluie ; les cailloux brillent, les pas résonnent réguliers. On chante ; le doux patois aux syllabes rondes fait vibrer le sol, les maïs pliés se redressent au vent léger, et le cher pays souffle son haleine reposée. »

C'est dans une revue de jeunes que je cueille ces bluettes gracieuses, mais, comme on la félicite, Mlle Moréno se défend d'être écrivain. — Un bas-bleu ! Fi donc ! — C'est par distraction qu'elle a laissé tomber de sa plume ces quelques lignes chaudement colorées ; elle prépare bien encore une traduction de quelques contes populaires écossais, mais c'est uniquement pour obliger ses amis. Non ! décidément, ce n'est point par habitude !... Et elle se sauve et, retournée sur le seuil, sa voix jette encore, délicieusement enjouée : « Non !... point par habitude... Croyez-le bien ! »

L'heure de la soupe est venue. Des assiettes fumantes traversent nos discours... On promène une marmite de cuivre où glougloute un navarin... Des lampes allumées circulent. Il faut songer à la retraite. J'entraîne Dubois-Desaulle, l'auteur de *Sous la Casaque*, livre sincère et cruel. Ce sont les notes d'un soldat, c'est le journal d'un fusilier des compagnies de discipline. Sa lecture laisse une impression de cauchemar plus angoissante encore que le *Biribi* de Darien.

Chez Darien, on sentait trop le rhétoricien, l'homme de lettres et — pour tout dire — le mauvais garçon... Il laissait trop voir le goût du mal, la coquetterie du vice, une sorte de fanfaronnade malsaine.

Chez Dubois-Desaulle, rien de pareil. C'est un fils du peuple, instruit par les lectures du soir, et qui ne doit rien qu'à lui-même. Son goût naturel lui a permis de traverser l'emphase des orateurs populaires et des énergumènes de réunions publiques, sans s'y noyer. A l'âge où les ouvriers s'empoisonnent avec de mauvais feuilletons et des livres obscènes, il lisait l'*Anthropo-génie* de Hæckel, l'*Origine des espèces*, les *Maximes* d'Epictète, le *Livre de la Voie et de la Vertu* de Lao-Tseu. On sent chez lui une âme sensible et généreuse, qui s'irrite d'une injustice et qui voudrait, pour le bien de l'humanité, diminuer les hostilités et paralyser toutes les forces mauvaises.

On est libre de ne pas le suivre jusqu'au bout de ses conclusions, mais on ne peut s'empêcher, après l'avoir lu, de souhaiter la transformation des pénitenciers militaires. Il y a vécu. Il y a souffert et me conte son long martyre.

Je me hâte d'ajouter que Dubois-Desaulle était un honnête garçon qui ne s'était rendu coupable d'aucun délit de droit commun et que ses opinions libertaires seules (l'épidémie à la mode) avaient conduit aux compagnies de discipline. Malgré l'apparence générale de sincérité de son livre, je n'avais osé croire à la réalité des faits qu'il y relate. Dubois-Desaulle m'affirme qu'ils sont exacts, qu'il s'est borné à transcrire, sans y rien ajouter, tout ce dont il a été le témoin ; qu'il n'a pas même déguisé le nom de ses personnages.

Tout en causant, nous nous retrouvons sur le parvis Notre-Dame. La nuit est venue. Un

brouillard flotte et s'épaissit autour des choses :
le froid aigu nous pénètre. Les réverbères glissent
des reflets obscurs sur la boue des pavés. Des
gueux en haillons se pressent vers la caserne de
la Cité, où ils espèrent trouver un restant de ga-
melle. On sent comme une hostilité hargneuse
dans l'allongement démesuré des masses de
pierres voisines. La vieille cathédrale étire déses-
pérément, aux bords du fleuve roulant des eaux
sinistres, ses deux bras vers le ciel qu'on ne
voit plus.

Heureusement, nous voici bientôt rue de
Rivoli, rentrés dans la foule, dans les lumières,
dans la vie. Des cafés illuminés grouillent d'une
clientèle multiple et bruyante. Assis à l'une des
tables, notre indignation de tout à l'heure fléchit
et se fond dans une chaleur tiède. Dubois-Desaulle
éprouve le besoin de conclure :

« Ce qu'il y a de bon dans tout cela, c'est que
ça m'a permis d'écrire un livre ! »

Et je ne suis pas éloigné de lui donner raison.
O bienheureux auteurs qui se consolent de leurs
misères en les racontant. O bienheureux poètes
qui, comme Henri Heine, de leurs grands déses-
poirs font, à l'adresse de la Postérité, de petites
chansons.

CONCLUSIONS

A suivre Anatole Baju et Léon Deschamps, nous nous sommes écarté un peu des limites tracées à cette étude où nous n'avions d'autre but que de marquer une étape du lyrisme français de 1870 à 1890. Il faut nous restreindre à ce cadre. Cette date choisie de 1890 n'est pas arbitraire. Elle ouvre l'ère d'une réaction de discipline classique. Il souffle une brise nouvelle. L'École romane se fonde. Fernand Gregh prépare l'Humanisme. Charles Morice médite l'École française et M. Henri de Régnier lui-même va préconiser le retour à la tradition. Dans l'intervalle, le Symbolisme a conquis ses lettres de naturalisation. En 1890 il n'a pas donné tous ses fruits, mais tous ses poètes de premier plan se sont manifestés. A ce moment son organe officiel, le *Mercure de France,* se fonde et le Symbolisme prend possession de la scène avec Paul Fort qui crée le Théâtre d'Art. Les poètes de cette école ont chacun leur conception particulière du Symbolisme et il y a, chez eux, cette diversité que l'on retrouve chez les poètes de toutes les écoles.

Vigny et Hugo, si dissemblables, sont tout de même enrôlés sous l'étiquette romantique. Sully Prudhomme et Coppée, qui n'ont rien de commun, sont, par la critique, réunis sous la même étiquette parnassienne. Il y a le Symbolisme de Gustave Kahn, celui de Henri de Régnier, celui de Vielé-Griffin, celui de Charles Morice, celui de Mæterlinck, celui de Verhæren, celui de Jean Moréas. On trouve même chez les symbolistes des poètes comme Albert Samain et Laurent Tailhade, restés fidèles à la formule parnassienne, mais tous sont imprégnés du même esprit nouveau et se marquent initiateurs par un certain côté de leur doctrine.

Le Symbolisme fut émancipateur. Il a illustré cette vérité que la Poésie n'est pas contenue dans une question de forme et il peut se prévaloir d'un riche apport psychologique. La plupart des poètes ont repris de Baudelaire le mode de se raconter, comme dit Laforgue, sur un ton modéré de confessionnal. Le Symbolisme a introduit en Art un goût de spiritualité et le sens du mystère. Il est une des manifestations de cette Loi de Progrès incessant qui régit le Monde et qui fait que le moins tend au plus, « l'inconscient au conscient et le conscient au divulgué ».

Les symbolistes ont en effet acquis au conscient

une bonne somme d'inconscient. Ils ont entrepris résolument la conquête du Moi ; ils ont défriché des terrains nouveaux, projeté une lumière vive dans les arcanes de l'être, éclairé des dessous jusque-là inexplorés. Ils ont enrichi et assoupli la langue.

C'est parce que nous dirons tout à l'heure leurs torts et leurs excès qu'il nous plaît d'insister aujourd'hui sur leurs vertus et les titres qu'ils se sont acquis à l'estime et à la reconnaissance des Lettrés.

ÉPHÉMÉRIDES POÉTIQUES

1870-1890

1870. — Émile Blémont : *Poèmes d'Italie.*
    V. de Laprade : *Harmodius.*
    A. Silvestre : *Les Renaissances.*
    Joséphin Soulary : *Les Diables bleus.*
    Paul Verlaine : *Les Amies. — La Bonne Chan-
      son.*
    Stéphen Liegeard : *Le Verger d'Isaure.*

1871. — Th. de Banville : *Idylles prussiennes.*
    Léon Dierx : *Les Paroles du vaincu.*
    Émile Bergerat : *Poèmes de la guerre.*
    Eugène Manuel : *Pendant la guerre.*
    Jean Aicard : *Les Rebellions et les Apaisements.*
    Louisa Siefert : *Les Stoïques.*

1872. — Victor Hugo : *L'Année terrible*
    Louis Bouilhet : *Dernières chansons.*
    Paul Bourget : *Au bord de la mer.*
    Paul Déroulède : *Les Chants du soldat.*
    François Coppée : *Les Humbles.*
    Léon Dierx : *Poésies complètes.*
    Albert Glatigny : *Gilles et Pasquins.*
    Leconte de l'Isle : *Les Erynnies.*
    Albert Mérat : *Les Souvenirs.*
    Lucien Paté : *Lacrymæ rerum.*
    Sully Prudhomme : *Impressions de la guerre.*
    Georges de Porto-Riche : *Prima verba.*
    Ernest d'Hervilly : *Les baisers.*

REVUES. — *La Renaissance* (Émile Blémont).

1873. — Charles Cros : *Le Coffret de santal.*
Tristan Corbière : *Les Amours Jaunes.*
Anatole France : *Les Poèmes dorés.*
Leconte de l'Isle : *Œuvres d'Horace.*
V. de Laprade : *Poèmes civiques.*
Achille Millien : *Poésies.*
André Lemoyne : *Poésies.*
Gustave Rivet : *Les Voix perdues.*
Arthur Rimbaud : *Une Saison en Enfer.*
André Theuriet : *Le Bleu et le Noir.*
Louis Tiercelin : *Les Asphodèles.*

1874. — François Coppée : *Le Cahier Rouge.*
Théodore de Banville : *Les Princesses.*
Georges Lafenêstre : *Idylles et Chansons.*
Charles Grandmougin : *Les Siestes.*
Emmanuel des Essarts : *Nouvelles élévations.*
Jean Lahor : *L'Illusion.*
Mme Ackermann : *Premières poésies.*
Maurice Bouchor : *Les Chansons joyeuses.*
Albert Mérat : *Les Villes de marbre.*
Léon Valade : *A mi-côte.*
Paul Verlaine : *Romances sans paroles.*
Armand Silvestre : *Poésies.*
Émile Deschamps : *Œuvres complètes.*

REVUES. — *Revue du Monde nouveau* (Charles
Cros).

1875.—Théodore de Banville : *Trente-six ballades joyeuses.*
Paul Bourget : *La Vie inquiète.*
Stéphane Mallarmé : *Le Corbeau,* traduction
d'Edgard Poe.
Mistral : *Les Iles d'or.*
Frédéric Bataille : *Premières rimes.*

REVUES. — *La République des Lettres*
(Catulle Mendès). — *Le Spectateur* (Vil-
.iers de l'Isle-Adam).

1876 — Théophile Gautier : *Poésies complètes.*
Auguste Barbier : *La Chanson du vieux Marin*
de Coleridge.
Stéphane Mallarmé : *L'Après-midi d'un Faune*
Catulle Mendès : *Poésies.*
Jean Richepin : *La Chanson des Gueux.*

1877. — Victor Hugo : *L'Art d'être grand-père.*
Joséphin Soulary : *Rimes ironiques.*
Jean Richepin : *Les Caresses.*
G. Rodenbach : *Le Foyer et les Champs.*
Robert de la Villchervε : *Premières poésies.*

1878. — Victor Hugo : *Le Pape.*
Sully Prudhomme : *La Justice.*
Paul Bourget : *Edel.*
Paul Harel : *Sous les Pommiers.*
Emile Goudeau : *Fleurs de Bitume.*
Jacques Normand : *A tire d'aile.*

1879. — Léon Dierx : *Les Amants.*
A. Theuriet : *Les Nids.*
Charles de Pomairols : *La Vie meilleure.*
REVUES. — *La Croix et l'Épée* (Villiers de
l'Isle-Adam).

1880. — Victor Hugo : *L'Ane. — Les Religions.*
Henri de Bornier : *Poésies complètes.*
Albert Mérat : *Poèmes de Paris.*
Jules Cougnard : *Poésies.*
Laurent Tailhade : *Le Jardin des Rêves.*
Guy de Maupassant : *Des vers.*
Jules Lemaître : *Les Médaillons.*
Aubanel : *Le Pain du Péché.*

Antony Valabrègue : *Les petits poèmes parisiens.*
Fernand Icres : *Les Fauves.*

1881. — Victor Hugo : *Les Quatre vents de l'Esprit.*
Joseph Autran : *Œuvres complètes.*
Paul Verlaine : *Sagesse.*
G. Rodenbach : *Les Tristesses.*
Auguste Dorchain : *La Jeunesse pensive.*
REVUES. — *L'Art moderne* (Octave Maus). —
La Jeune Belgique.

1882. — Victor Hugo : *Torquemada.*
Paul Bourget : *Les Aveux.*
Jean Lorrain : *Le Sang des Dieux.*
Francis Pittié : *Le Roman de la vingtième
année.*
Laurent Tailhade. : *Un dizain de sonnets.*
Jacques Madeleine : *La Richesse de la Muse.*
Jean Rameau : *Poèmes fantasques.*
Robert de la Villehervé : *La Chanson des roses.*

REVUES. — *La Nouvelle Rive Gauche.* —
La vie artistique (Emile Delarue). — *Le Chat
Noir* (R. Salis).

1883. — Joséphin Soulary : *Œuvres poétiques.*
Ed. Haraucourt : *La Légende des sexes.*
De Pimodan : *Le Coffret de perles noires.*
Jean Lorrain : *La Forêt bleue.*
Maurice Rollinat : *Les Névroses.*
Gabriel Mourey : *Les Voix éparses.*
Albert Giraud : *Dernières fêtes.*
Georges Lorin : *Paris-rose.*

1884. — Paul Verlaine : *Jadis et Naguère.*
Ernest Dupuy : *Les Parques.*
A. Barbier : *Poésies posthumes.*
Jean Richepin : *Les Blasphèmes.*

Henri Beauclair : *L'Éternelle Chanson*
Gabriel Vicaire : *Emaux bressans.*
Edouard Schuré : *La Légende de l'Alsace.*
Jean Moréas : *Les Syrtes.*
Emile Goudeau : *Poèmes ironiques.*
Charles Frémine : *Vieux airs et Jeunes chansons.*

REVUES. — *La Revue Indépendante* (Félix Fé
néon). — *La Société Nouvelle* de Bruxelles. — —
Les taches d'encre (Maurice Barrès).

1885. — Henri de Régnier : *Lendemains.*
Jean Richepin : *La Mer.*
Clovis Hugues : *Les Évocations.*
Maurice Vaucaire : *Arc-en-ciel.*
Jules Laforgue : *Les Complaintes.*
René Ghil : *Légendes d'âmes et de sangs.*
Émile Verhaeren : *Les Flamandes.*
Adoré Floupette : *Les Déliquescences.*
Stanislas de Guaita : *La Muse noire.*

REVUES. — *Le Carcan* (Paul Adam). — *La
Revue Contemporaine* (Ad. Remacle). —
Revue de la littérature moderne (A. Chau-
vigné). — *La Revue moderniste* (Victor
André). — *La Revue wagnérienne* (Ed.
Dujardin).

1886. — Victor Hugo : *Théâtre en liberté.*
Sully Prudhomme : *Le Prisme.*
Jean Ajalbert : *Sur le vif.*
Emile Blémont : *Poèmes de Chine.*
Édouard Dujardin : *Les Hantises.*
Verhaeren : *Les Moines.*
Léon Durocher : *Clairons et Binious.*
François Fabié : *La Poésie des Bêtes.*
René Ghil : *Traité du verbe.*

Jules Laforgue : *L'Imitation de Notre-Dame la Lune.* — *Le Concile féerique.*

Grégoire Leroy : *La Chanson d'un soir.*

Ephraïm Mikhaël : *L'Automne.*

Albert Mockel : *Poèmes minuscules.*

Louis Marsolleau : *Les Baisers perdus.*

Jean Moréas : *Les Cantilènes.*

Frédéric Plessis : *La Lampe d'argile.*

Pierre Quillard : *La Fille aux mains coupées.*

Henri de Régnier : *Apaisements.*

Arthur Rimbaud : *Les Illuminations (La Vogue).*

Georges Rodenbach : *La Jeunesse blanche.*

Saint-Pol Roux : *Lazare.*

Roinard : *Nos plaies.*

Francis Viélé-Griffin : *Cueille d'avril.*

Hélène Vacaresco : *Les Chants d'aurore.*

REVUES. — *La Vogue* (Léo d'Orfer). — *Le Scapin* (A. Vallette). — *La Décadence* (Raymond). — *La Pléiade* (R. Darzens). — *Le Symboliste* (Gustave Kahn). — *La Wallonie* (A. Mockel). *Le Décadent* (A. Baju.)

1887. — Stéphane Mallarmé : *Poésies.*

Raoul Gineste : *Le Rameau d'or.*

René Ghil : *Le Geste ingénu.*

Gustave Kahn : *Les Palais nomades.*

F. Viélé-Griffin : *Les Cygnes.*

Victor Pitié : *Les Jeunes Chansons.*

Philippe Gille : *L'Herbier.*

Stuart Merrill : *Les Gammes.*

A. Mockel : *L'Essor du rêve.*

Ernest Raynaud : *Le Signe.*

Jean Lorrain : *Les Griseries.*

Jean Ajalbert : *Paysages de femmes.*

Léon Riotor : *Jeanne de Beauvais.*

REVUES. — *Ecrits pour l'Art* (Dubedat). — *Les Chroniques* (Barrès, Le Goffic, La Tailhède). — *Le Faune* (Marius André). — *La Cravache* (G. Lecomte).

1888. — Victor Hugo : *Toute la lyre.*
Sully Prudhomme : *Le Bonheur.*
Paul Verlaine : *Amour.* — *Les Poètes maudits.*
Henri de Régnier : *Épisodes.*
F. Viélé-Griffin : *Ancæsus.*
Jean Ajalbert : *Sur les talus.*
Claudius Popelin : *Un livre de sonnets.*
Charles Vignier : *Centon.*
Lacaussade : *Poèmes de Leopardi* traduits en vers français.
Pierre de Nohlac : *Paysages d'Auvergne.*
Fernand Séverin : *Les Lys.*
Emile Verhaeren : *Les Débâcles.* — *Les Soirs.*
REVUE. — *La Revue libre* (Paul Demeny).

1889. — Victor Hugo : *Les Jumeaux.*
Paul Verlaine : *Parallèlement.*
Mæterlinck : *Serres chaudes.* — *La Princesse Maleine.*
F. Viélé-Griffin : *Joies.*
Charles Legoffic : *Amour breton.*
Adolphe Retté : *Cloches dans la nuit.*
Edouard Grenier : *Poèmes épars.*
A. Fontainas : *Le Sang des fleurs.*
Jean Moréas : *Les premières armes du symbolisme.*
Albert Saint-Paul : *Scènes de bal.*
Théodore Maurer : *La Comédie italienne.*
Ernest Raynaud : *Chairs profanes.*
Edouard Beaufils : *Les Chrysanthèmes.*

Lucien Hubert : *Rimes d'amour et d'épée.*
Aristide Bruant : *Dans la rue.*

REVUES. — *La Plume* (Deschamps). — *La France moderne* (Jean Lombard). — *Le moderniste* (Albert Aurier).

890. — Charles Baudelaire : *Œuvres complètes.*
Paul Verlaine : *Dédicaces.*
Edmond Rostand : *Les Musardises.*
Stéphane Mallarmé : *Pages.*
Jean Moréas : Le *Pèlerin passionné.*
Maurice Bouchor : *Noël.*
Jules Laforgue : *Derniers vers.*
Émile Verhaeren : *Les Flambeaux noirs.*
Ernest Raynaud : *Les Cornes du Faune.*
Pierre Quillard : *La Gloire du Verbe.*
Ferdinand Herold : *Les Pæans et les Thrènes.*
Mathias Morhardt : *Hénor.*
Henri de Régnier : *Poèmes anciens et romanesques.*
Louis Dumur : *La Néva.*

REVUES. — *Le Mercure de France* (A. Vallette). — *Entretiens politiques et littéraires* (Georges Vanor). *L'Ermitage* (Henri Mazel).

ERRATA

Page   5 : 24º ligne, il faut lire possibles au lieu de possible.

—   27 : 6º   —   —   Charles Vignier et non Viguier.

—   29 : 17º   —   —   Vignier et non Viguier.

—   55 : 2º   —   —   LA mystique au lieu de *la* mystique.

        3º   —   —   LE symbolisme au lieu de *la*.

—   57 : 24º   —   —   Vignier au lieu de Viguier.

—   61 : 14º   —   —   Charles Vignier au lieu de *u*.

—   63 : dern. ligne,   —   LES deliquescences et non *des*.

—   67 : 15º   —   —   Baju né dans la *Charente* et non la Haute-Vienne.

—   69 : 20º   —   —   se *plaignirent* au lieu de se plaignaient.

—   84 : 3º   —   —   Un âne *qui ressemble* au lieu de *ressemblant*.

— 154 : 8º   —   —   gothique et non gothiques.

— 170 : 23º   —   —   *académicien* et non adémicien.

TABLE DES MATIÈRES

CORBEIL. — Imprimerie CRÉTÉ. — Décembre 1920.